瞪西毛怪
FING

大衛・威廉（David Walliams）◎著
東尼・羅斯（Tony Ross）◎繪
高子梅◎譯

晨星出版

David Walliams

大衛・威廉幽默成長小說

神偷阿嬤
臭臭先生
小鬼富翁
巫婆牙醫
爺爺大逃亡
壞爸爸
午夜幫
壞心姑媽
冰原怪獸
鼠來堡
瞪西毛怪
皇家魔獸

神偷阿嬤
再次出擊！

大衛・威廉繪本

愛嚇人的蹦蹦熊
飛天企鵝傑洛尼莫
第一個登陸月球的河馬
學校裡有蛇
動物合唱團
小怪獸不搗蛋

David Walliams

大衛・威廉糟糕壞系列

糟糕壞小孩
髒兮兮

糟糕壞小孩
氣嘟嘟

糟糕壞小孩
鬧哄哄

糟糕壞老師
兇巴巴

糟糕壞父母
（即將上市）

蘋果文庫 133

大衛·威廉幽默成長小說 11

瞪西毛怪 Fing

作者：大衛·威廉（David Walliams）

繪者：東尼·羅斯（Tony Ross）

譯者：高子梅

責任編輯：呂曉婕、謝宜眞 | 文字校對：呂曉婕、謝宜眞

封面設計、美術編輯：鐘文君

創辦人：陳銘民

發行所：晨星出版有限公司

台中市 407 工業 30 路 1 號 | TEL：（04）23595820 | FAX：（04）235950581

E-mail：service@morningstar.com.tw

晨星網路書店：www.morningstar.com.tw

法律顧問：陳思成律師 | 郵政劃撥：15060393（知己圖書股份有限公司）

讀者服務專線：02-23672044、04-23595819#212

讀者傳眞專線：02-23635741、04-23595493

印刷：上好印刷股份有限公司

出版日期：2020 年 06 月 15 日 | 定價：新台幣 350 元

再版日期：2022 年 07 月 31 日（三刷）

ISBN 978-986-443-995-9

CIP 873.59 109003637

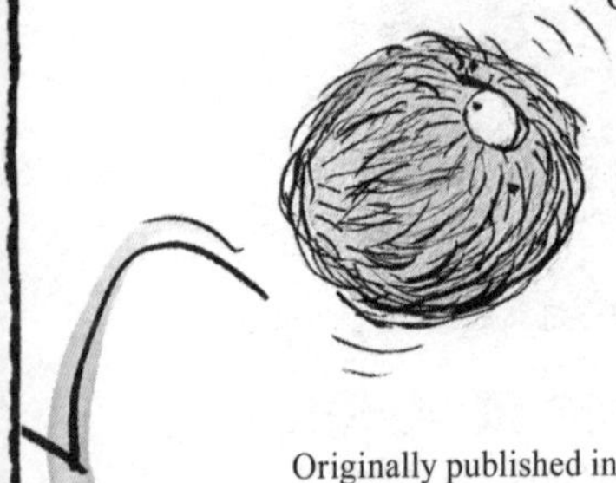

獻給*Percy*、*Wilfred*、和*Gilbert*

Rachel Denwood
瑞秋・丹伍德
發行人

Samantha Stewart
莎曼莎・史都華
主編

Val Brathwaite
維爾・布瑞斯偉特
創意總監

David McDougall
大衛・麥克杜哥
藝術總監

Sally Griffin
莎莉・葛瑞芬
設計師

Kate Clarke
凱特・克拉克
設計師

Elorine Grant
伊洛茵・葛蘭特
藝術副總監

Matthew Kelly
馬修・凱立
設計師

Tanya Hougham
唐雅・乎罕
我的音效編輯

Geraldine Stroud
傑洛汀・史卓德
我的公關總監

感謝每一個你

我要謝謝以下的怪物們

Ann-Janine Murtagh
安—嘉寧・默它
我的執行發行人

Tony Ross
東尼・羅斯
我的插畫師

Paul Stevens
保羅・史蒂芬斯
我的文學經紀人

Charlie Redmayne
查理・瑞德美恩
執行長

Alice Blacker
愛莉絲・布雷克
我的編輯

Harriet Wilson
哈莉葉・威爾斯
發行主任

Kate Burns
凱特・伯恩斯
藝術編輯

目錄

跟故事中的角色打招呼吧！

溫先生

溫太太

溫淘淘

和瞪西……

?

這故事是在說一個小孩

什麼都不缺，

但還是貪得無饜，

還要一個

「瞪西」

前言

有時候人超好的爸媽，反而會生出像惡魔一樣的小孩。

來認識一下姓溫的這一家人吧。

這位是爸爸，溫默理先生。人如其名，溫先生個性溫和，喜歡穿襪子配涼鞋，不敢在公共場合啃桃子。溫先生是**圖書館員**。他很喜歡圖書館，原因是它們就像他一樣安靜。他膽小怕事，連對鵝都不敢大聲驅趕，事實上，對任何鳥類他都不敢。

溫默理先生

這位是媽媽，溫美蒂太太。她戴著一付可以用掛鍊掛在脖子上的眼鏡。

她這輩子最難堪的一刻莫過於有一次她在公車上打噴嚏，大家全都轉頭看她。所以如果我說她也是圖書館員，你應該不會覺得很意外吧。

美蒂和默理是在**圖書館**認識的。他們兩個都是生性非常害羞的人，害羞到在那裡工作的頭十年都沒跟對方說過話。後來兩人終於在陳列詩集的走道對面陷入愛河。

幾年過後，他們結婚了，又過了幾年，他們生了一個小女娃。

這是他們的女兒淘淘。你可能以爲小女娃一定很可愛。

錯了！從出生的那一刻起，小淘淘就是個**小惡魔**！不管你給她什麼——洋娃娃也好、玩偶也好、塑膠鴨子也好，小女娃還是會跟你要更多。淘淘學會說的第一個詞就是「還要」，而且是在她出生當天便脫口而出。哪怕是她已經狂喝了一加侖的奶，她還是要求喝更多的奶。「還要」就是這個小嬰兒會一而再、再而三地說的話。

「還要！還要！還要！」

姓溫又本性溫和的默理和美蒂根本不敢拒絕他們家的小惡魔。小淘淘總能得到任何她想要的。她爸媽幫這個寶貝女兒一買再買各種玩具，哪怕她每次拿到玩具都是**乒乓碰**地立刻摔成碎片，他們還是會再買。

「還要！還要！還要！」

女兒剛學走路時，他們幫她買粉蠟筆，買了又買，愈買愈多，淘淘會拿了筆就往牆上四處亂畫。

ㄍㄧ——～！

再折成兩半。

ㄆㄧㄚ！

「還要！還要！還要！」

等到她愈長愈大，愈長愈大，溫先生和溫太太會餵淘淘吃巧克力餅乾，一片接一片接一片地餵，愈餵愈多，哪怕淘淘很喜歡把餅乾屑噴吐在他們臉上。

咻咻咻！

還要！

還要！還要！

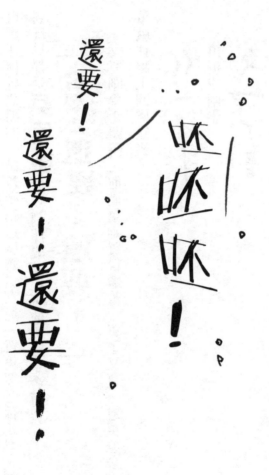

第一部

還要，還要，還要

1 吼叫

時間慢慢過去了，溫先生和溫太太總是暗自希望他們的女兒「過了這個階段就好了」。但是她一直沒有離開這個「階段」。事實上，幾年下來淘淘的行爲變得愈來愈糟[1]。

從滿周歲前的討人厭變成一歲的肆無忌憚，接著是可怕的兩歲，再來是吵鬧不休的三歲，然後過了嚇人的四歲和恐怖的五歲之後，來到了令人髮指的六歲和乖張的七歲，接著是惡毒的八歲和聒噪的九歲。

唉，這怎麼說呢？反正每個年紀的她都很吵。現在她九歲了，每天早上都是大吼大叫地吵她爸媽起床——

1 或者說「糟上加糟」，真的有這個形容詞哦，不信可以查我的**威廉大辭典**。

「哇啊啊啊啊啊啊啊啊啊

我要泰迪熊！」

「哇啊啊啊啊啊啊啊啊啊～～～

我要小馬！」

「哇啊啊啊啊啊啊啊啊啊

我要裝滿鈔票的皮箱！」

這女孩會大吵大鬧到溫家這棟小小的屋子都被她搞得天搖地動。

匡隆！匡隆！

書從書架上飛下來。

呼！咻！蹦！

照片從牆上掉下來。

咚！鏘啷！

石灰像雨點一樣從天花板灑落。

匡！唰唰！

可憐的溫先生和溫太太趕緊從床上跳起來。

咚！咚！

他們慌慌張張地下床，跑來跑去地滿足女兒的各種需求。淘淘要什麼，他們就給什麼，但永遠都被嫌不夠。

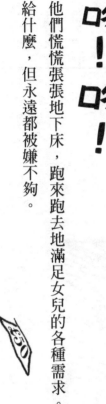

完了，
這女孩
還要一個
「瞪西」。

2 A到Z

多年下來，爸爸媽媽買給淘淘的東西已經把她房間塞得幾乎進不去也出不來。但她還是一直要，一直要，一直要，於是東西就愈來愈多，愈來愈多，愈來愈多。

多到二十六個英文字母至少都能找到一個東西來代表：

A 螞蟻農場（Ant farm），有一百萬零一隻螞蟻住在裡面。

B 迴力棒（Boomerang），淘淘第一次丟出去，就沒再飛回來。

C牛鈴（Cowbell），她把它綁在她媽媽脖子上，這樣就很容易找到她媽媽在哪裡。

D狗狗美容用具（Dog-grooming set），但是她沒有狗。

E小精靈玩偶（Elf）。

F手指布偶（Finger puppets），原型是從一〇六六年到今天爲止的英國歷代國王、王后。

G砂石收藏（Gravel collection），收藏量稱霸全歐。

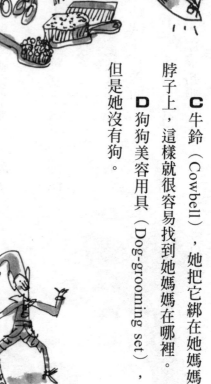

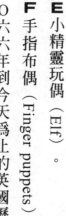

H火腿切片刀（Ham slicer），
不過她討厭吃火腿。

I為大象特製的溜冰鞋（Ice skates for an elephant），而且四隻腳都有。

J罐子（Jar），裡頭裝的是科學家愛因斯坦打出來的嗝。（從拍賣會上買到的，價值上千英鎊呢！）

K保暖護膝套（Knee warmer）。

L好運香腸（Lucky sausage），
但其實它很倒霉。

M 比利時地圖（Map of Belgium），不過她根本不想去探訪這個國家，套句她說的話，「它太比利時了。」

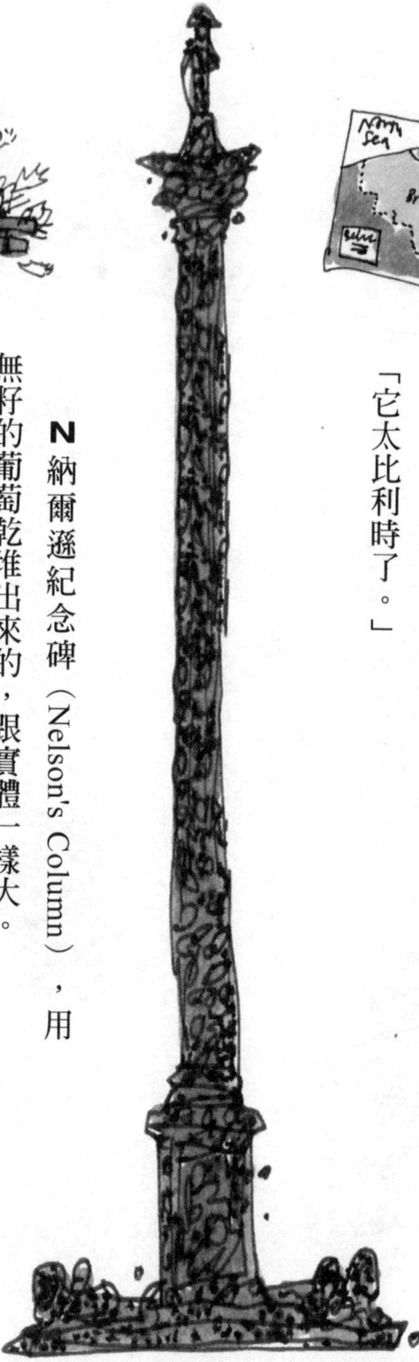

N 納爾遜紀念碑（Nelson's Column），用無籽的葡萄乾堆出來的，跟實體一樣大。

O 貓頭鷹軟糖（Owl Fudge），用熔化的貓頭鷹製成的軟糖，聽起來很噁心，但實際製作時更噁心。

P 空氣畫（Painting of some air），什麼也看不到的一幅畫。

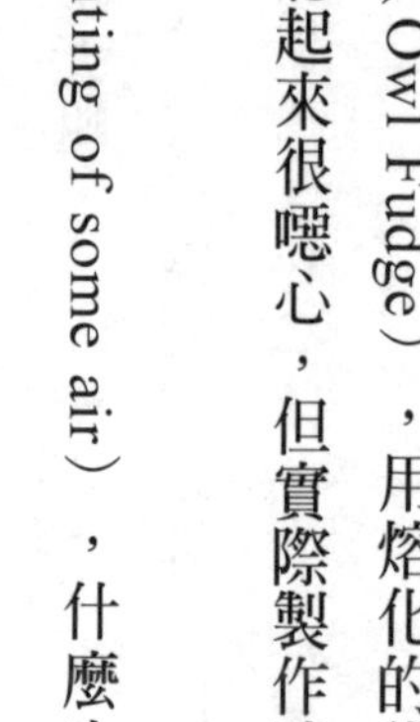

Q 流沙（Quicksand）。被約來玩流沙，但玩到最後惹淘淘不高興的小孩，都在這裡自掘了墳墓。

R 遙控樹籬（Remote-controlled hedge），時速可以高達一百英里。

S 跳蚤標本（Stuffed flea），小到你根本看不到。

T 大頭菜洗髮精（Turnip shampoo），它可以讓你的頭髮聞起來新鮮得就像一棵大頭菜一樣。

U 蟲蟲穿的內褲（Underpants for worms），只有小號尺寸。

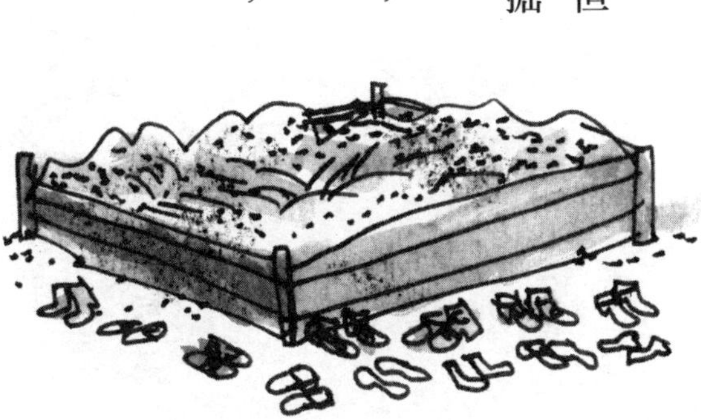

V 毒液（Venom），用毒茄子製成，會致命。

W 小袋熊榨汁機（Wombat juicer）。最適合用來製作出一杯沁涼、清爽的小袋熊汁。

X 木琴盒（Xylophone case）。淘淘不要木琴，只要盒子。

Y 大雪怪（Yeti）。在喜馬拉雅山已經有好幾年都沒見到大雪怪的蹤影，原來是因爲淘淘把牠鎖在她的櫥櫃裡。

Z 斑馬屎（Zebra dung）。這是她唯一想到是Z字母開頭的東西。

但只有一樣東西淘淘絕對沒有，那就是書。雖然她爸媽是圖書館員，但她很討厭書，覺得書很**無～～～聊**[2]！

小女孩有了這麼多東西——幾乎是一拖拉庫的垃圾——卻還想要更多。但好笑的是，她根本不知道自己要什麼。

2 淘淘連你現在在閱讀的這本書都很厭惡，哪怕書裡的主角是她。

3 憤怒

你猜得到淘淘要的十歲生日禮物是什麼嗎？

萬一你猜到她要的是——

一雙會爆炸的襪子。

一個實體大小的藍鯨洗澡玩具。（只是它一塞進浴缸，水就全濺出來了。）

一座泰姬瑪哈陵的氣球模型。

一台削不尖的鉛筆機。

一個豌豆機器人。

那麼恭喜你，你猜對了，獎品是台幣五十元[3]。

這些禮物是溫先生和溫太太被他們的女兒逼著給的。要是不照辦，淘淘就會用吼聲來淹沒這棟屋子。

「生日快樂，我們的漂亮小天使！」他們對正躺在床上拆禮物的淘淘大聲喊道，但淘淘卻把包裝紙揉成一球一球的，不停往他們身上砸。

唰！唰！咚！

3 只要寫信給我，要求領台幣五十的獎就行了。只是千萬別忘了要附上價值**一百萬台幣**的回郵和包材哦。

過了一會兒，她又要求更多東西，但這次不太一樣的是，這女孩根本不知道該討什麼。淘淘的東西已經多到連自己也想不出來這世上還有什麼東西是她沒有的。

「我要瞪西啦！」

她吃早餐的時候這樣說。當時這女孩正在狼吞虎嚥**超大**一碗巧克力冰淇淋，上面插著十七片巧克力，再淋上厚厚一層巧克力醬。沒錯，淘淘把巧克力當早餐吃，也當午餐吃，也當晚餐吃。呃……不然能怎麼辦，你敢對她說不嗎？

溫先生和溫太太當時正要把整齊切片的燻鮭魚拿起來沾水煮蛋，他們表情擔憂地互看一眼。**瞪西**？

她到底要什麼？

「我最親愛的寶貝，妳要一個**瞪西**？」媽媽問道，同時放下她的書

《女士必讀的一百首詩》。

「是啊，妳耳聾哦？一個**瞪西**！」

「甜心，什麼是**瞪西**？」爸爸問道，同時也放下他的書**《男士必讀的一百首詩》**。

「我不知道，可是我就是要！」

「那個字的注音怎麼拼？」媽媽問道。

淘淘憤怒到滿臉通紅。

「我不是笨蛋！就是這樣拼！就**ㄉㄥ ㄒㄧ**啊！**瞪西！**」

那女孩爲了強調她的憤怒，掄拳往早餐桌上搥。

磅！

所有盤子飛到半空中，然後砸在地上。碎滿地！

「把碎盤子撿起來！**現在就撿！**」女孩下令。

雙手雙腳跪在廚房桌子底下的溫先生對溫太太低聲說：「我們該怎麼辦？我們的寶貝女兒想要一個**瞪西**，可是我不認爲眞的有**瞪西**這種東西。我擔心**瞪西**只是她想像出來的。」

「我們得想出個什麼瞪西出來才行，哦，我是說想出個什麼**東西**出來才行。」溫太太話才說完，就感覺到她的屁股被靴子踢到。

ㄅㄥ！

「噢哦！」她叫了一聲。

「**你們在下面可不可以閉嘴啊！**」上面有聲音傳來。

「我都快聽不見自己的放屁聲了！」

ㄆㄨㄨㄨㄨㄨㄨㄨㄨㄨ～

「好多了！」

溫先生和溫太太驚慌失措。要是他們再不想出**瞪西**是什麼，就有麻煩了，而且是**大、麻、煩！**

4 盡全力中的全力

那天早上吃過早飯後，溫先生和溫太太就「送」他們的女兒去學校。所謂的「送」不是你想的那種送哦，而是必須一前一後地把她抬起來，一路抬到學校的那種「送」。

淘淘拒絕走路，哪怕到學校只有一小段路而已。而且抬著她走路是件很費力的事，因爲她多半都在吃巧克力，所以重得像一頭豬[4]。

「放我下來！」

淘淘命令道，這時她爸媽終於蹣跚地走到了校門口。他們才剛小心翼翼地把她放下來，溫爸爸就趕緊將那超大的午餐盒遞給他女兒，它大到得用輪子來拖才行。

「我最可愛的小甜心，祝妳在學校有個愉快的一天。」

「不要忘了，等我放學回到家，我就要有瞪西哦！」

她大聲咆哮，說完便搖搖擺擺地走進操場，一路上將好幾個個頭兒較小的孩子撞到地上。

哎喲！哎喲！哎喲！

「我親愛的小天使，我們答應妳一定會盡全力中的全力！」

媽媽笑容滿面地喊道。

淘淘聽到這句話，停了下來。

她緩緩轉過身，把手伸進她的午餐盒。

4 而且真的是一頭很重的豬公，重到極可能在神豬大賽裡奪冠。

「盡全力中的全力還不夠！」

淘淘喊道，同時掏出其中一大盒巧克力牛奶，往她媽媽身上砸過去。

嘩啦！

啪！

「噢喔！」

它正中溫太太的臉，害她全身都溼透了，就連身上穿的粉紅花色洋裝也是。

「眞是太謝謝妳了。」這位女士這樣說道，因爲她也不知道自己能說什麼。

溫爸爸抽出胸前口袋裡的手帕，遞給他太太。

「馬麻，給妳擦。」

溫太太輕輕擦拭身上的巧克力牛奶，但沒什麼用。粉紅花色洋裝現在變成了巧克力色。

「盡全力中的全力還要全力！」溫爸爸改了個說法。

淘淘又把手伸進午餐盒。

「完了。」溫爸爸喃喃說道，同時閉上眼睛，因爲他確信很快就有東西會朝他的方向飛來。

他猜對了。

啪嗚！

噗啦！

一桶巧克力慕斯砰——地

砸在他頭頂。

「非常感謝妳！」他說道，因爲他就像他太太一樣也不知道還能說什麼。

溫媽媽不發一語地把手帕還給她先生，溫爸爸試著把身上的慕斯擦掉[5]。

「妳可愛的小腦袋瓜千萬別擔心這件事！」溫爸爸大聲喊道，他分明是在扯謊，因爲淘淘的腦袋既不小也不可愛。「妳一放學回來，我們就會幫妳把那個瞪西準備好了。」

「**最好是！**」淘淘回答。「不然就有你們好看的了。」

溫先生和溫太太都不知道她所謂的「好看」，究竟會有多「好看」，但聽起來很恐怖。

叮鈴鈴鈴鈴鈴鈴鈴鈴鈴鈴鈴！

學校上課的鐘響了。

溫爸爸一看到淘淘往教室方向蹣跚走去，立刻去牽他太太的手。

「哦，溫先生，這樣不好看吧。」她數落他。

「我是要告訴妳，我知道有個地方可以幫我們查到**瞪西**是什麼。」這位圖書館員說道。

「什麼地方？」

「當然是**圖書館**啊！」

5　很不幸的是，這種事每天早上都在溫先生和溫太太身上上演。事實上，溫爸爸到現在耳朵裡都還有一塊雙層巧克力蛋糕，那是上禮拜砸過來的自備午餐，他一直留到現在，打算當自己的午餐吃。

5 兩坨巨大的屎

溫先生和溫太太在街上快步跑著，相當引人注目，因爲他們全身都沾著黏糊糊的巧克力，看上去就像是兩坨巨大的屎正在奔向自由。

呼！呼！呼！

他們一跑到圖書館門口，立刻慢下腳步，改用走的。

啪搭啪搭啪搭啪搭……

畢竟**圖書館**是個你必須守規矩的地方，尤其當你又是個圖書館員的時候。

圖書館
肅靜
圖書館地窖

「從、從哪裡開始呢？」上氣不接下氣的溫爸爸小聲問道，這時他們倆正緩步走在擺滿圖書的走道上，一路上留下咖啡色的泥漿。

嘰足！

「字、字典怎麼樣？」溫媽媽也回答得上氣不接下氣。

他們的目光掃向字典那排書架，直到找到最大又最重的那一本。他們把它從書架上搬下來，它的重量幾乎跟他們的女兒一樣重[6]。

溫太太緊張地翻著書頁，直到找到以「ㄉ」為首的那一頁詞語，但一路看下來，心都涼了。

「字典裡根本沒有**瞪西**。」她低聲說道。

「天哪，怎麼辦？」溫爸爸驚呼道。

「**噓！**」溫太太要他小聲點，同時手指著一塊她先生自己親手擺設的警告標示牌，牌子上寫著「請保持安靜」。

「對不起，」他先用嘴型說道，然後才壓低音量繼續說：「這並不表示沒有瞪西這種東西啊。圖書館裡有成千上萬本書，一定會有一本提到瞪西，告訴我們它是什麼。」

「可是把拔，接下來我們要查哪一本呢？」

6　只是幾乎一樣重，但也不算是比她重。淘淘的重量是誰都比不上的。

「嗯……馬麻，讓我想想看。妳覺得**瞪西**聽起來是什麼？」

這兩人頓時陷入思考……

「一種奇形怪狀的蔬菜？」溫媽媽猜道，同時朝《奇形怪狀蔬菜大全》伸出手。

「一種會讓人玩得生氣的桌遊？」溫爸爸取下《讓人玩得生氣的桌遊史》。

「一顆遙遠的星球？」

溫媽媽發現了《天外之外的宇宙》。

一本又**一本**又**一本**又**一本**的**書**從書架上被拿下來。跟人體有關的**書**、跟汽車有關的**書**、跟花卉有關的**書**、跟古董有關的**書**、跟**書**有關的**書**。

「**瞪西**會不會是洗完澡後堵在排水孔裡的東西？」溫爸爸提議道。

「還是在滾筒式乾衣機裡找到的一件衣服，也不知道是誰的？」溫媽媽猜測道。

這些猜想就像網球一樣在他們之間拍來打去。

「會不會你挖鼻孔挖到的那個很黏但又不是鼻屎的東西？」

「還是某種神秘的污漬嗎？」

「或是一隻漂來漂去的水母嗎？」

「你永遠搞不清楚聖誕拉炮會掉出什麼獎品，是那個獎品嗎？」

「你不是發現狗狗身上黏了什麼東西嗎？會是那個嗎？」

「你的肚臍不是還留有一小截尾巴很像汽球打結的那個結嗎？會不會是那個？」

「還是長在你腳趾中間的那撮毛？」

「難道是**瞪東**的相反？」溫太太大聲說。

「什麼是**瞪東**？」溫先生問道。

「我也不知道。」她垂頭喪氣地說道。

幾個小時過去了，這對精疲力竭的夫妻已經在圖書館裡翻遍了每一本書[7]。

就在他們打算放棄，準備去面對女兒的怒火時，溫太太突然有個想法。

「還有個地方我們沒去找過。」她說。

「哪裡？哪裡？哪裡？」他著急地問道。

「圖書館的古地窖啊。所有古書都放在那裡。搞不好我們可以在那下面找到線索。」

溫先生吞吞口水。「可是溫太太，圖書館員是不准進入地窖的。」

「所有人都禁止進入。

那裡已經有一百年沒人下去了……」

7　就連我的書也被翻過了。
他們真的應該找我這本書才對，只不過那時候當然還沒寫出來。

禁止進入

6 兩害相權

「所以我們不能下去地窖，」溫先生說道。「就只能這樣了。」

但是溫太太不肯作罷。「可是我們的寶貝女兒怎麼辦？要是我們不給她一個**瞪西**，睡覺前她一定會盧死我們了。」

「是啊。」溫先生一想到這裡，臉色頓時慘白。他眼睛向上翻白，身體搖搖晃晃。

「溫先生，你沒事吧？」

但溫先生還來不及回答，人就暈了過去。溫太太趕緊接住，兩人往後一摔，跌在地上。

磅！

「**噢嗚！**」她大叫出聲，因爲她被她丈夫壓在下面。

這時一位老先生伸腿跨過他們，從架上取一本園藝的書，這對夫妻很有禮貌地抬眼微笑打招呼。

「早安。」他們說道。

「溫太太，妳沒事吧？」溫先生詢問。

「我沒事，你還好嗎？」

「我？」

「是啊，你剛剛昏倒了。」

「有嗎？」

「有啊。」

「天啊。」

「你才知道啊。」

「我扶妳起來。」

「不，應該是我扶你起來。」

他們互相推讓好一會兒，直到兩人終於站起來為止。現在這對夫妻得在兩害之間取其一了，

要嘛下到那陰森可怕的**圖書館**地窖，要嘛直接面對女兒的怒火。

兩害相權之下，取其輕者，似乎應該選地窖。

「我不認爲我們還有什麼選擇。」溫爸爸說道。

「那就跟我走吧。」溫媽媽說道。

溫太太帶著她先生走到圖書館盡頭的角落，那裡有一扇破舊的門，門縫結滿蜘蛛網，門板上方標示著：

「禁止進入。」

「地窖底下會很黑嗎？」

他聲音顫抖地問道。

「是啊，烏漆墨黑的。這樣那些古書才能得到保護。」她回答。

「那就……女士優先……」

「我先？」溫太太抗議道。

他們兩個都怕黑。

「是啊，我堅持女士優先。」他催促道。

「不用不用。」

「我是紳士，必須禮讓女士。」

「不不不，溫先生，那種傳統已經不合時宜了。應該是你先下去。」

「不，妳先。」

「你先。」

「妳先！」

這對夫妻僵持不下。

「那我們一起下去好了。」溫媽媽說道。

「好主意。」溫爸爸回答道。門框上面擱了一把老舊的生鏽鑰匙，他先取下它，再轉頭四處看看，確定沒人發現，這才打開門鎖。

喀啦！

ㄍㄧ——！

他先摸找到他太太的手，然後相偕慢慢走下樓梯。

「沒那麼糟嘛，對吧？」溫太太問道。

「對、對、對對對。」

溫先生結結巴巴地說。

7 臥虎藏龍

還好溫先生下樓梯下到一半就找到一根蠟燭和一盒舊火柴。但他的手抖到不行，只好交給他太太來處理，後者劃了根火柴，點亮蠟燭。

唰——

搖曳不定的燭火照亮了一排排的書架和架上那一本本塵封已久、老舊的皮面精裝書。**圖書館**地窖是一座寶庫，裡頭臥虎藏龍，書名一個比一個古老、荒誕且罕見，藏書多達數千本，全都絕版了。

很久以前的冷笑話大全
罕見鳥蛋烹調法
維多利亞時期倫敦城裡最惡臭的氣味：
一本刮一刮就能聞到的書
狗會罹患的噁心疾病
宗教殉道者的蛋糕食譜
一萬首單調乏味的詩
腐爛東西大全
襪子的短史
襪子的長史
探索指南：聖經的鬍子
富豪和名人的便壺

不列顛群島上的有毒起司
恐怖童書
中世紀酷刑大全
聽到耳朵會流血的讚美詩
水坑畫
蕁麻頌
痰的圖解
在聖誕節特別愛哭夭的貓
如何用五個步驟輕鬆淹死一個女巫
子虛烏有詞彙辭海

溫先生和溫太太把架上的書一本接一本地拿下來，只靠著一根蠟燭在成千上萬的文字裡搜尋跟「**瞪西**」有關的內容。就在他們快要絕望之際，溫先生的眼角餘光好像瞄到什麼東西在動。

「那是什麼？」他低聲問道。

「什麼是什麼？」她問道。

「有東西在動。」

「可能是老鼠吧？我討厭老鼠。」

溫太太拿蠟燭去探照地窖的昏暗角落，發現真的有東西在一堆舊報紙底下動來動去。

窸窸窣窣

窸窸窣窣

窸窸窣窣！

她把她丈夫推上前去，要他查看。

「去啊！」

「我在走啦！」

「把報紙掀開來看啊！」溫太太提議道。

「不，女士優先。」

「哦，我拜託你，我們別再推來推去了。」

溫先生只好硬著頭皮掀開那幾張帶潮的舊報紙。

令人驚訝的是，底下竟然有一本書。

「是一本書！」

「書怎麼會動。」她回答。

「這本會啊。」

「書名是什麼？」

溫先生低頭端詳書脊上的書名。

但書名一映入眼簾，立刻令他**毛骨悚然**。

「它叫**怪物百科**。」

第二部

怪物百科

8 一本怪物百科全書

溫先生和溫太太把書擺放在一張嘎吱作響的舊桌子上。

砰！

怪物百科是一本大部頭的皮面精裝書，印刷年代想必已經久遠，起碼有幾百年歷史。就像書名所示，這是一本跟怪物有關的百科全書。溫太太吹掉封面上的積塵，慢慢打開它。

也許可以在這本書裡找到**瞪西**存在的線索。

這是溫家夫婦最後的希望了。就大家目前所知，這本書全天下就只有這一本，書裡列的怪物是按名字的筆劃數順序排列，有的怪物早已絕種，有的被認定只出現在神話裡，這些描述內容的對頁都有生動的手繪怪物插圖。不管是溫先生還是溫太太，以前從沒見過也沒聽聞過這些怪物。

第一隻是

阿嘎嘟嘟

一隻會吃人的鳥，住在地底下。

下一頁是

玻玻

一條巨大的蛞蝓，所到之處都會留下有毒的黏液。

接下來是

達姆達姆

水母和疣豬雜交下的後代。而且從手繪插圖來看，牠的長相比想像中還可怕。

矮賓邦克

一種水陸兩棲的猴子，只出沒在深海裡的最深處。

這時終於到了筆劃十七劃的怪物了，溫家夫婦不約而同地深吸一口氣，祈禱會在這裡找到他們要找的答案。

「**瞪西！**」溫媽媽大聲喊道。

「太好了！」

「我們找到了！」

「讓我親妳一下！」溫爸爸說道。

「不要這樣，親愛的，我們現在在工作。更何況**圖書館**有規定在館內不准摟摟抱抱。」

「是啊是啊！我真笨！妳要不要唸一下書裡寫什麼？」

溫太太清清喉嚨，開始唸：

然後是

嘎克蛤蟆

爬行動物，牠醜到任何人只要看牠一眼就會被嚇死。

由於沒有手腳，瞪西都是靠翻滾或彈跳的方式在移動。奇怪的是，瞪西最喜歡吃的東西竟是各種卡士達奶油夾心餅乾。牠可以在短短幾秒鐘內吞下一百顆餅乾，不過牠們也幾乎無所不吃，什麼都能吞下肚。瞪西會沿路留下惡臭的排泄物，有時排泄物的體積甚至大到幾乎跟牠自己的體積一樣。

警告！

千萬千萬千萬不要在家裡飼養瞪西。

牠們是這世上最糟糕的寵物。

瞪西個性貪婪、火爆，而且有時很沒禮貌。因為牠們能長到非常大隻，所以不只吃得你傾家蕩產，也可能把你的家給吃了，最可怕的是，連你牠都可能吃掉。

你將在劫難逃。

瞪西：

哺乳類動物

這種罕見至極的野獸只現身在

最深幽最暗黑最叢林的熱帶叢林裡。

　　瞪西的外觀就是一顆全身長毛的球，牠的尺寸大小變化多端。前一刻還小得像一粒玻璃彈珠，下一刻就大到像顆熱氣球。瞪西只有一隻大眼睛，位於正中央，兩邊各有一個小洞，其中一個是嘴巴，另一個是屁眼（找不到比較文雅的說法）。但沒有人確知哪個洞是哪個，就連瞪西自己也不知道，所以素聞牠經常試著用屁眼進食。

她一唸完，兩人便仔細端詳那張圖片。瞪西是一個長得很奇怪的東西。圖片裡的瞪西跟文字描述的一樣，是一顆渾身長滿棕毛的球，只有一個眼睛，夾在兩個暗色的洞中間。

「窩的老天啊。」溫爸爸說道。

「是啊，我的老天。」溫媽媽附和道，同時闔上書。「好了，看完了。我們的寶貝女兒是不可能養**瞪西**的。」

「可憐的小東西，她一定會失望到不行。」

「我知道啊，所以我想最好是由你來告訴她這個壞消息。」

「我？」

「是啊，溫先生！這次輪到你了。」

「不不不！」溫先生抗議道。「應該是輪到妳。」

「那我們一起跟她說好了。」溫太太理性回答。

「這主意太好了。」

「謝謝你。」

「但是由妳先說哦。」

9 像在兔子大便裡打滾過

於是溫先生和溫太太心情沉重地去學校接女兒放學。但跟先前一樣，我所謂的「接」不是你想的那種「接」哦，而是一路扛她回家，再盡可能地輕輕放上沙發。

溫先生和溫太太正煩惱著要怎麼跟他們的女兒說這個壞消息，他們試圖藏住臉上的憂色，但表情還是洩漏了一切。

「淘淘，妳想先玩遊戲嗎？」溫爸爸提議道。「還是想玩拼圖？或是看電視？」

這麼說的目的無非是想分散她的注意。

「看卡通！」淘淘命令道。

「遙控器在這裡！」溫媽媽說道，同時趕緊遞給她那支早就被巧克力沾黏得黑漆漆的遙控器。

淘淘皺眉瞪她。

「妳幫我按啦，妳這個懶惰的老母！」

溫太太照她吩咐做。

電視螢幕瞬間彈出卡通畫面。

淘淘喜歡看很暴力的卡通，不是看動物撞牆，就是看動物掉下懸崖或被炸掉。

變形蟲里拉：
巨型變形蟲的故事
河馬波塔的鼻涕
大猩猩
咕嚕嚕
猴子嘘嘘
猴子噗噗
打死
蟑螂

她最喜歡看的**卡通**節目有：

溫先生趁他們的女兒正專心在看卡通裡的兔子被一台蒸氣壓路機碾平時，趕緊朝他妻子點頭示意。這是他們之間的暗號。她一收到暗號，便趕忙走進廚房。原來這對夫妻想到一個辦法，他們認爲要是給他們的女兒史上最大一塊巧克力蛋糕，也許就能減輕她得不到瞪西的那種打擊。

卡通演完了，就在主題曲響起的時候，淘淘想到了她剛剛忘掉的事。

「我的**瞪西**在哪裡?」她喊道。

「**蛋糕！蛋糕！蛋糕！**」

溫爸爸連聲喊道。

「來了，來了，把拔！」溫太太回答，同時端著一塊大到嚇人的蛋糕蹣跚走進客廳裡，那塊蛋糕就一座小花棚那麼大。「給妳的，我的小天使淘淘。」她邊說邊把蛋糕放在茶几上。

砰！

「妳沒有**更大塊**的蛋糕了嗎？」女孩質問道。

「可惜沒有欸，」溫媽媽回答。「不過這塊比被切掉的那個蛋糕還大塊哦。」

這當然不可能是真的，但至少騙過了淘淘。

「這蛋糕看起來很好吃，我的小寶貝，妳快吃吧。」溫爸爸催她。

向來不愛用刀叉的淘淘立刻把頭伸過去，整張臉埋進蛋糕裡。可能就跟一頭豬享用大餐沒什麼兩樣。

嘎吧！嗝吧！咕吧！咯囉！

溫爸爸和溫媽媽總算吁了口氣。只是好景不長，沒一會兒，這女孩就狼吞虎嚥完這塊巨大的蛋糕，抬起頭來，臉上全是巧克力糖霜。

「我要我的**瞪西**！」她又一次說道，而且一開口，嘴裡的蛋糕屑全噴到她爸媽身上。

這下溫先生和溫太太從頭到腳都布滿巧克力蛋糕屑，看上去活像剛在兔子大便裡打過滾一樣。

「好啊好啊好啊，當然好啊。這個大名鼎鼎的**瞪西**——」溫爸爸開口說道，但說著說著就慌張了起來。「剩下的就讓妳媽來告訴妳吧。」

溫太太狠瞪了溫先生一眼，氣他竟然比她還懦弱。「呃，我的甜心小公主，」她開口道。

「妳爸爸和我在**圖書館**的地窖深處找到這本書——」

「你們給我聽好，」女孩吼道。「我要我的**瞪西**！**現在**就要！」

情況愈來愈糟了。那塊蛋糕根本發揮不了作用。就算有作用，也只是害淘淘吃進太多的糖而變得比平常更亢奮。

「呃……這個嘛……呃……是這樣的……」溫太太語無倫次。「把拔，接下來由你來說。」

「我們……呃……這個嘛……」他開口道，眼神驚恐。

「**有話快說！有屁快放！**」女孩吼道。

「我的小天使，爲了查出瞪西是什麼，我們把圖書館裡的書都找遍了。」

「**瞪西**就是**瞪西**啊！有什麼好找的！」淘淘嘲弄道。

「是沒錯啦，在整間**圖書館**裡，我們就只找到一本書有提到牠……這本是我們在神秘的地窖裡找到的古書，妳看它布滿了灰塵！」

溫爸爸向溫媽媽點頭示意，後者扛著那本古老的巨著吃力地走過來。

「它叫**怪物百科**，」溫太太說道。「妳看看，內容很有趣哦。」

溫媽媽走過去要把書遞給她女兒，**但那本書竟然往後退**。

「我討厭書！它們會害我頭痛！」

淘淘大聲說道，同時把**怪物百科**很用力地拍走。

碰！

那本書竟朝她打了回去。

啪！

「**噢喔！**」女孩大叫。「把它拿走啦！」

溫媽媽趕緊抓住書。「我的小甜心寶貝，我來幫妳。」她打開那本積了一層灰的舊書，翻到她要找的那一頁。

「我的彩虹小寶貝，這就是**瞪西**。妳讀一下嘛。」

「妳讀！」淘淘下令。

於是溫太太大聲讀出書裡的內容，而且還特別強調下面這句警語：

警告！

千萬千萬千萬千萬不要在家裡飼養瞪西。

牠們是這世上最糟糕的寵物。

「所以我的親親小鴿子，」溫媽媽追問道，「妳覺得怎麼樣？妳當然當然當然不會想要養**瞪西**吧？」

這對夫妻一臉企盼地望著他們的女兒，雙手合十，狀似祈禱。

10 被嚇得不要不要的

「我覺得——」淘淘一邊伸舌舔著盤裡沒吃掉的碎屑，一邊開口說，「養瞪西當寵物一定會一～～～～團亂。」

溫先生和溫太太鬆了一大口氣。

他們的生活有救了。

「妳說得對極了！」溫媽媽大聲說道。

溫爸爸滿面笑容。「妳說出了我們的心聲。」

「那怪物一定會毀了一切！」淘淘繼續說道。

「說得對！說得太對了！」溫太太輕柔地說道。

「妳真是個好聰明好聰明的女孩。」溫先生附和道。

「車子、房子……通通都會被弄壞，搞不好還會把我們全殺掉！」

「說得好！」溫爸爸大聲叫好。

「是啊，如果不養牠，我們就不會死了，這樣不是很好嗎？」溫媽媽繼續敲邊鼓。

「誰會想養瞪西當寵物啊？**哈！哈！哈！**」淘淘大笑。

她的爸媽也跟著大笑。

呵！呵！呵！

嘻！嘻！嘻！

就連**怪物百科**好像也在搖來晃去地咯咯偷笑。

「只有我！」淘淘自問自答。

笑聲戛然而止。

溫先生和溫太太不敢相信自己聽到了什麼。

那本書也突然僵住，動也不動。

「我要養**瞪西**當寵物。」

「可……可……可是！」溫媽媽開口道。

「沒有可是！」女孩大吼，然後就把她爸媽的兩個頭撞在一起，以示決心。

匡啷！

「噢嗚！」

「哦嗚！」

「我說過我要**瞪西**，**現在**就要！」

溫先生和溫太太一臉驚駭地看著彼此，那表情驚駭到你根本看不出來誰受到的驚嚇比較大，或者套句很沒有國文素養的話——兩人都被嚇得不要不要的。要不然你去看那兩張他們受到驚嚇的照片，自己判斷吧……

但拜託一下，別看太久，我們還有故事要講。所以我們都同意他們兩個的確都驚嚇過度，畢竟如果你得把一隻**會致人於死的動物**帶進家裡，不被嚇死才怪。

而他們現在還得親自去抓一隻……

11 兩張單人床

如今最大的問題是——該由誰去最深幽最暗黑最叢林的叢林裡搜找一隻該死的瞪西？

溫先生和溫太太坐在各自的單人床上討論此事，一直討論到晚上。當然這兩人都非常不想去。但個性使然，他們還是很有禮貌地討論。

「可是把拔，你需要一個快活的假期，」溫媽媽微笑開口道。「你在圖書館工作得這麼辛苦——應該由你去。」

「不不不，馬麻，妳總是說妳很想去旅行和探索世界。」溫爸爸回答。

「我有嗎？」

「妳說過妳想去海邊啊。」

「就一天啊！」

「呃，這和待在海邊一整天沒兩樣。」

「哪裡一樣？」溫太太追問他。
這下可考倒了溫先生。
「可能會有冰淇淋車吧！」他硬拗道。
「在海邊，」溫太太不敢相信。**「會有冰淇淋車？」**
這時牆面突然傳來撞擊聲。

蹦！蹦！蹦！

「你們那邊講話小聲一點好嗎！」淘淘從隔壁房間喊道。
「我都快聽不到我的放屁聲了！」

ㄆㄨㄨㄨㄨㄨㄨㄨㄨㄨㄨ～

那屁聲大到整個屋子都在

隆隆作響。

想也知道，溫先生和溫太太兩個人都一臉驚駭。

溫媽媽這時突然靈光一閃，小聲對她先生說：「當然囉，我們其中一個人得留下來獨力照顧這個寶貝女兒。」

「那我去好了！」他快如閃電地回答。

「去最深幽最暗黑最叢林的叢林裡？」

「沒錯，就這麼決定了，晚安！」

說完，他就關燈睡覺。

喀答！

溫先生那天晚上睡得像小嬰兒一樣，每兩個小時就醒來嚎啕大哭一場。

12 幾本輕鬆的讀物

第二天早上天剛破曉，溫先生便動身出發去找**瞪西**。他捨棄了原來的儒雅裝扮，把自己變身爲冒險家。

好吧，某種程度算是變身了：他把褲腳用騎自行車專用的褲管夾綁住，免得在叢林裡被矮木叢勾到。

可憐的溫太太淚眼婆娑地站在家門口。自從結婚以來，這對圖書館愛侶從未分開過。

「把拔，拜託你一定要很小心很小心哦。」溫太太哀求道。

溫先生試圖表現出勇敢的一面，但這其實不是他的強項。「馬麻，妳別擔心，我很快就會帶瞪西回來，再糟也不過如此了。」

「誰說的，你也有可能被吃掉啊。」淘淘從樓上窗戶喊道。

「我的小天使，謝謝妳的提醒，」溫爸爸喊道。

他對他太太微微一笑。「我絕對會盡量不讓自己被吃掉。」

「你保證？」她哀求道。

「我保證。」

他們笨拙地親吻道別。但是他們每次親吻都是狼狽收場，不是鼻子撞在一起，就是磕到下巴，再不然就是眼鏡卡在一塊兒。今天則是額頭互撞。

「噢哦！」

「哦嗚！」

「對不起！」

「對不起！」

溫先生拿起行李箱，深吸一口氣，踏出家門，啓程出發。

「我已經在想你了！」溫太太喊道。

叩！

「噁心！

噁心！

噁心！

噁心死了！」

那聲音從樓上傳來。
溫先生給了他太太一個飛吻，她笨手笨腳地接住。
「快滾！」
淘淘喊道。

溫爸爸加快腳步，拎著行李箱走到公車站牌。他穿著襪子、涼鞋、襯衫、休閒褲、花呢獵裝，還打著領帶，看起來一點也不像叢林探險家。從沒離開過老家的他，很不幸地根本沒有爲這次遠行做好充分準備。

他只帶了一份餐點，還是溫媽媽幫他準備的午餐盒。

裡面有：

1. 一塊麵包三明治（溫爸爸不喜歡夾餡料，吃到餡料會害他分心）

2. 一包沒有味道的薯片（請不要給我有味道的薯片，非常感恩）

3. 一盒原味優格（他就是喜歡吃原味的）

這次溫爸爸也像平常自備午餐出門那樣，才從家裡出來不到五分鐘，就在前往機場的公車上把所有東西都狼吞虎嚥地吃光光。結果沒多久，又餓到發慌，於是索性把裝午餐的塑膠盒也吃進肚子裡，沒想到這味道還挺合他胃口的，因爲它一點味道也沒有。

溫先生在他的行李箱裡放了一件連帽的短雨衣，以防下雨，並多帶了幾條內褲和幾雙襪子。此外也帶了幾本輕鬆的讀物，是從家裡的藏書裡頭精挑細選出來的：

《花椰菜史》

《英國的無趣建築》

《池塘》

《近看礫石》

《全球各地的衛生紙》

《一百零一首有關葉子的詩》

《涼鞋的探索指南》

《古往今來的教堂長椅》

《一百萬乘法表》

《除了燈泡，還是燈泡》

再加上那本他從圖書館借來、也是促成他踏上這趟旅程的**怪物百科**。

如今它正在他的行李箱裡扭來動去。他一定要記得在兩個禮拜內歸還，不然逾期了，會被罰很多錢。

當然溫先生也在行李箱裡騰出一些空間來裝最重要的東西，那就用來捕捉**瞪西**的特殊器具。

第一個是一只生鏽老舊的倉鼠籠子，他是在閣樓裡找到的，打算用它來裝瞪西。

第二個是一大桶瞪西最愛吃的食物——卡士達奶油夾心餅乾。他打算一發現瞪西，就利用它來誘捕瞪西進入倉鼠的籠子。

溫先生的計畫真的就這麼簡單。

怎麼可能會出錯？

第三部

最深幽最暗黑
最叢林的叢林

13 內褲和襪子

溫先生這趟**最深幽最暗黑最叢叢林的叢林**之旅很是漫長。我說的漫長是真的很**長尢尢尢尢尢尢～～～**。

搭乘的交通工具有

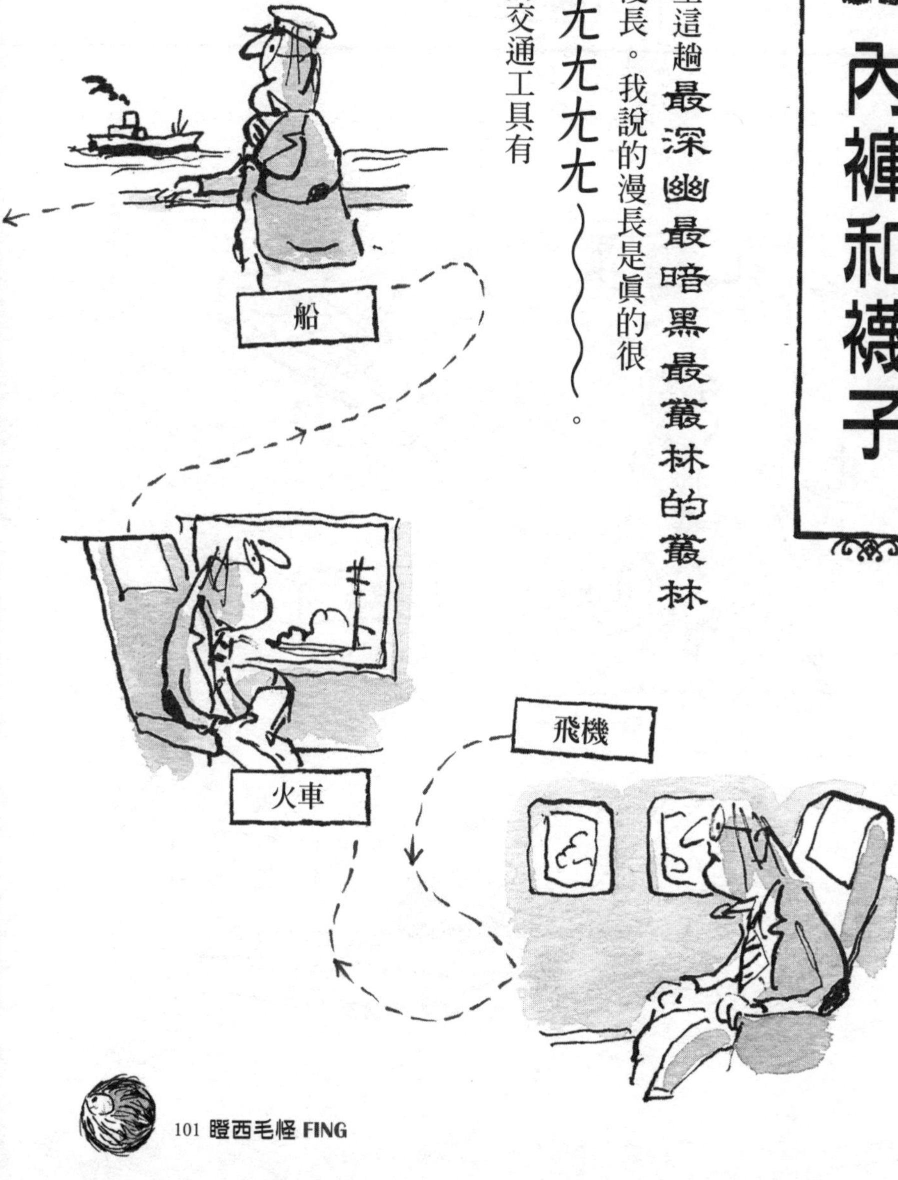

輪式溜冰鞋
雪橇
驢子
獨木舟

駱駝
腳踏車
滑翔翼
又一頭
驢子

一個月後——溫爸爸其實應該多帶一些內褲和襪子的，因爲現在只能一個禮拜換洗一次了——他爸爸變了個樣兒：眼鏡鏡片裂開，下巴長出亂七八糟的長鬍鬚，衣衫襤褸，而**最最最恐怖**的是，他掉了一隻涼鞋[9]。

不過最最慘的莫過於怪物百科**逾期**未還，已經累積十英鎊的罰鍰了。不過不過——這一切都不重要，最重要的是溫先生終於抵達目的地了。

最深幽最暗黑最叢林的叢林——

瞪西的老家。

要是你很好奇這最深幽最暗黑最叢林的叢林在哪裡，甚至懷疑這可能是我瞎編的[10]，那就請你仔細看看這張跨頁的地圖。

既然溫先生已經來到**最深幽最暗黑最叢林的叢林裡**，便開始著手找**瞪西**。

問題是

他到處都找不到。

8 表情之所以不爽是因為鴯鶓不喜歡被騎，一點也不喜歡。千萬不要嘗試，因為最後只會以眼淚收場，我是說你的眼淚，不是鴯鶓的哦。（鴯鶓是僅次於鴕鳥的第二大的鳥類。）

9 據說那隻涼鞋被鴯鶓吞了。

10 你好大膽子，竟然敢懷疑我！

叢林般的叢林
很叢林的
叢林
最深幽最暗黑
最叢林的叢林
很叢林
沒那麼
叢林
比較不叢林的
叢林
還是很叢林

叢林起點
叢林
極度叢林的叢林
很極度叢林的
叢林
絕對不叢林
一點都不
叢林
叢林的
終點

14 爬上樹

於是溫先生找到一棵最高的樹，爬了上去。被他緊緊抓在手裡的**怪物百科**不停**扭動**，急欲掙脫，他從樹上看到書裡提到的很多怪物。

有這些怪物：

單翅鳥。牠是只有一隻翅膀的鳥，所以當然不會飛。但牠總是很自信地從樹枝上跳出來，然後直墜而下，摔在地上。

啪答！啪答！啪答！

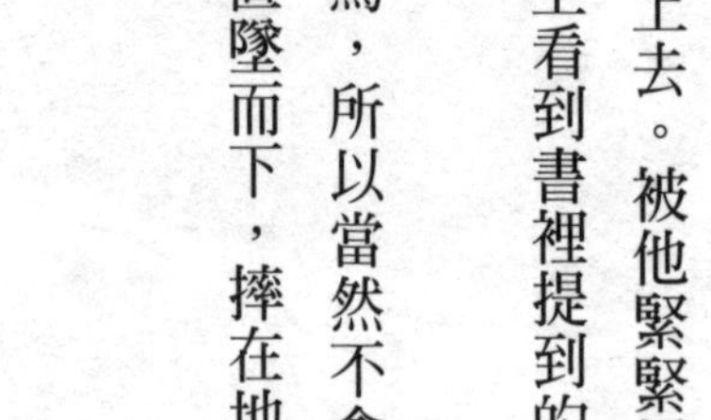

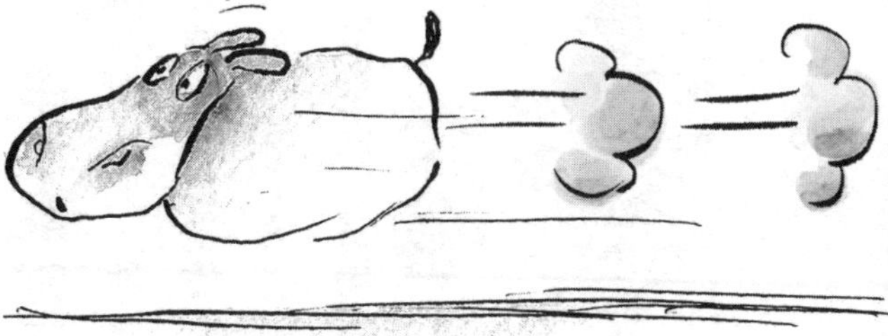

喇叭河馬。是河馬的遠親，但是沒有腿，絕對沒有唬弄你。因此喇叭河馬是靠放響屁來移動自己。從牠屁眼噴出來的屁，噴力大到直可媲美噴射引擎。儘管喇叭河馬體積不小，重量不輕，卻以高達一百英里的噴速而聞名。

呼嚕——

明哥——就是迷你版的蒙哥。

蒙哥就是巨人版的明哥。

不拉嘰是一條會分泌毒液的超大蠕蟲，身體一半是紅的，一半是白的。牠的體型大到無法鑽進自己挖的洞，總是會被卡住，於是一半曝曬在太陽底下，變得通紅，另一半則待在地底下而白花花的。

「吱嘶～～～～」

扁扁的嗡嗡膀膀是全身沒毛的囓齒動物，經常沒日沒夜地哼著不成調的曲子。「砰砰嗯！砰砰嗯！」

牠的嗡唱聲難聽到會害聽眾耳朵流血。因此常看見膀膀被體型更大的生物一屁股壓扁，只爲了叫牠們閉嘴。

「啪嘰～～」

紫象是大象的一種，頭下腳上地靠象鼻掛在樹枝上，牠會一直維持這樣的姿勢直到全身發紫。當牠變紫的時候，而你又剛好走在牠下面，就千萬要小心了，因爲這表示牠馬上會墜落地面，當場壓死你。

咚嗡！

嚕嚕。不要把牠跟嚕嚕嚕嚕搞混。嚕嚕是黃綠色的蜥蜴，長相嚇人到連牠自己都怕。

要是被牠看到牠在水裡的倒影，會嚇得逃走，有時候甚至會倉皇游到幾百英里外的地方。

「啊！！！」

嚕嚕嚕嚕。

不要把牠跟嚕嚕搞混。嚕嚕嚕嚕是全身沒毛的白色猿猴，全身光溜溜的牠很是害臊，所以老是交疊著雙腿跳來跳去。

砰砰砰——跳跳跳——

牠的別名是光溜溜嚕嚕嚕嚕或跳跳嚕嚕嚕嚕或光溜溜跳跳嚕嚕嚕嚕。曾有人看過一隻嚕嚕嚕嚕跑到女裝精品店裡偷洋裝，嚇得櫃台後面的老太太當場昏厥。

咚嗡嗡！

但儘管爬到樹頂上的溫先生看得到方圓幾英里外的地方，卻完全找不到瞪西的蹤影。野風揚起，橫掃這片最深幽最暗黑最叢林的叢林。他想到他心愛的女兒，身爲一位父親，他不能讓淘淘失望。他必須找到瞪西，不管得付出多少代價。因爲要是找不到，就有人要哭了。只是哭的人最有可能是他，而不是淘淘。太陽橫過叢林，就要西下，溫先生想到自己的家，想像著溫太太正在哄淘淘上床睡覺。這時候他太太一定正在唸床邊故事給他們的女兒聽，但等一下一定會被書砸到頭，再一路尖叫地逃出女兒的房間。

「噢喔！」

一顆淚珠從溫爸爸的面頰滾落。這是多麼溫馨的畫面。

「淘淘，」他說道，「我不會讓妳失望的。」

陷入思緒的他，突然一腳打滑地陷入危機。畢竟只單腳穿一隻涼鞋是很難在樹上站穩的。於是他從樹幹上高速滑落，屁股連番蹬撞每根樹枝——

咚！

「噢嗚！」

咚！

「噢嗚！」

咚！「噢嗚！」咚！「噢嗚！」咚！「噢嗚！」咚！「噢嗚！」咚！「噢嗚！」咚！「噢嗚！」

……然後撞到地上！

砰！

「噢——嗚——！」

溫先生突然想到他的書掉了。「我的怪物百科！」他大叫。說時遲那時快，像是回應他的呼喊似地，那本威猛的巨著不偏不倚地砸在他頭上。

叩！

他當場被砸昏。

15 陷阱！

怪物百科不停輕敲溫爸爸的頭，他終於悠悠醒來。

溫先生一把抓住那本書，不確定要把它放在哪裡，最後塞進自己的後褲袋裡。想也知道，那本書不肯就範，一直想**爬出來**。

「**不要動！**」溫先生喝令道，同時輕輕拍它。這時若有不明所以的人經過那裡，恐怕會以爲這男的一直在打自己的屁股。幸好溫先生是獨自一人待在**最深幽最暗黑最叢林的叢林**裡。

溫先生開始制訂計畫。如果他要抓到一隻**瞪西**，就得先設個陷阱。於是溫先生在最深幽最暗黑最叢林的叢林裡找到一處空地，這空地比戲水池大不了多少。他先打開已經破爛的行李箱，拿出裝有卡士達奶油夾心餅乾的白鐵桶。

它很重，因為裡面有一百片餅乾。他先把白鐵桶放在腳邊，接著拿出倉鼠籠子，擱在叢林的林地上，再盡量不出聲地打開小小的籠門。

ㄍㄧ——！

他打算在地上用一片片的卡士達奶油夾心餅乾排出像長龍一樣的誘餌，最後一片餅乾就放在籠子裡面，然後就耐心等候，等到有隻瞪西循著誘餌走進籠子，張嘴咬籠內的最後一塊餅乾時，溫爸爸就火速關上門，**喔耶！**[11]瞪西就到手了。

唰唰唰……

灌木叢裡有聲音傳來。

「誰在那裡？」溫先生喊道。

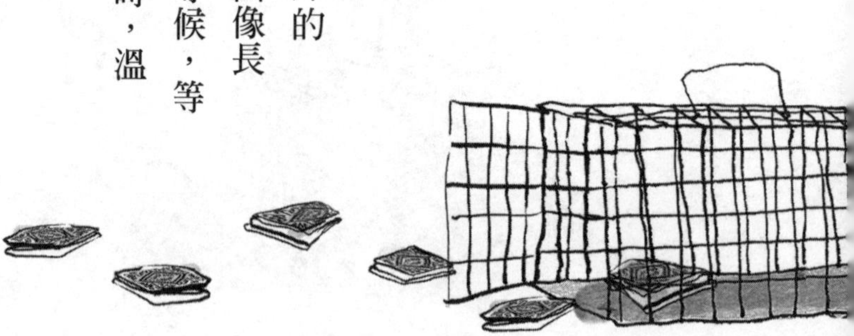

沒有回答。

野生動物怎麼可能回答他——事實上任何動物都不可能。

嘿，我在這裡！哈囉！

哈囉～～～～

隨之而來的是一片寂靜，溫先生的情緒才又鬆懈下來。

「搞不好只是吹來一陣風。」他自言自語。

不過溫先生也是強忍住衝動，才沒把帶來的卡士達奶油夾心餅乾全吞下肚。自從他離家以來，已經一個月了，就只吃過那份自備的午餐。有一度，他餓到受不了，決定吃掉自己的兩件內褲，而且還是髒的內褲。想也知道，並不好吃。有味道，但並不香[12]。

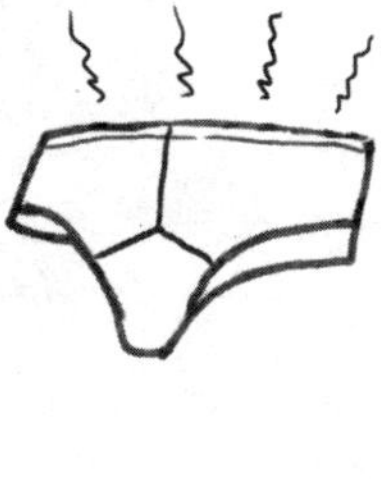

11 要不既然我們是在叢林裡，也可以學泰山喊喔～～伊喔伊喔！

12 不管你生活過得如何艱困，都千萬不要去吃自己的內褲，就算沾番茄醬也一樣，味道還是不好。

溫爸爸知道他不能讓女兒失望。因爲如果他沒有帶瞪西回去，後果將不堪設想。天知道她會使出什麼把戲來糟蹋他。以前溫先生只要惹他女兒不高興，她就會：

懲罰溫先生，叫他坐在外面雪地的階梯上，直到屁股凍到麻木……

他還沒起床，就叫他再上床睡覺……

把他的衣服都埋在花園裡，害他只能穿汗衫和內褲去圖書館工作……

把溫媽媽埋進花床裡……

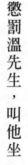

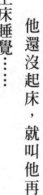

逼溫爸爸拿冷的包心菜當早餐、午餐和
晚餐吃……

叫他單腳站在角落，
頭上放一盆植物不准掉下
來，持續整整一年……

叫他把屋子從頭到尾地刷乾淨，而且只能拿
他的牙刷當工具……
然後再叫他用那把牙刷刷牙……

要他睡在小木屋裡……

而且命令他只能喝地上水坑裡的水……
等到溫爸爸轉身要打開裝餅乾的白鐵桶
時，竟驚見蓋子不見了，桶子裡是空的。

「完了！」他大喊。

慘劇發生了！

不知道是誰把卡士達奶油夾心餅乾都吃光了！[13]

16 可疑的糞便

來無影去無蹤的卡士達奶油夾心餅乾大盜究竟是誰？白鐵桶裡的夾心餅乾或許已不翼而飛，但至少有正在冒煙的可疑糞便作爲線索，而且還溢出白鐵桶，樣子看起來就像是卡士達醬和奶油[14]。這糞便甚至沿路大到空地外頭，然後穿過最深幽最暗黑最叢林的叢林裡很像叢林的那塊地方，來到一處洞穴的入口。

「完了。」溫先生皺起一張臉。

他很怕黑。要他下到圖書館的地窖就已經夠嚇人了，而這一次一定更恐怖。以下有一張很長的清單，全是會令他心裡發毛的東西。

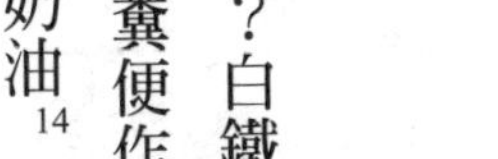

13 我知道你心裡在想什麼，但你錯了，絕對不是我吃的。

14 不過一點也不好吃。

會讓溫先生心裡發毛的東西

清潔用橡膠手套
球芽甘藍
自動販賣機
攪拌器
雨傘
小丑
變成褐色的香蕉
座椅式升降機
水果裡的籽
咖啡口味的巧克力
標槍選手
動物造型氣球
泡泡袋
燈罩
走入式浴缸
甘草糖
腳趾有毛的男人
腳趾有毛的女人
名叫科林的人
各種清單

溫先生很清楚，要是這次沒帶一隻瞪西回去，
他女兒一定會暴怒，他只好深吸一口氣，
走進漆黑潮溼的洞穴裡。
他的腳步聲在黑暗裡迴盪。

窸窸窣窣
窸窸窣窣
窸窸窣窣！

「哈囉！」他喊道。

「哈囉！」有聲音傳回來。

這位男士快被嚇死了。但爲了
掩飾恐懼，他故意發出響亮的聲音，
假裝勇敢。

「誰在那裡？」他追問道。

「誰在那裡？」有人挑釁反問。

「我先問的。」

「我先問的。」

「不對，是我先問的。」

「不對，是我先問的。」

「你眞是荒謬！」他在黑暗中喊道。

「你真是荒謬！」黑暗中傳來回答。

「我才沒有呢！」

「我才沒有呢！」

「有，你有！」

「有，你有！」

「你給我出來！」

「你給我出來！」

「你先出來！」

「你先出來！」

「不要再學我說話了。」

「不要再學我說話了。」

「等一下……」

「等一下……」

「我是在跟我自己的回音說話嗎？」

現場靜肅了一會兒，然後溫先生的聲音又彈回來。

「對！」

這下他眞的嚇到了。

他趕緊摸找口袋裡的一盒火柴，雙手顫抖地劃亮一根。

擦！

呼！

他靠著火柴那搖曳不定的火光去照洞穴裡最黑暗的角落。

有東西在動。

小小的。

毛茸茸的。

很像

瞪西的東西——

17 我甩甩甩

那個正在暗處動來動去、不知道是什麼玩意兒的東西被火光照到時，竟發出低吼。

「咯咯啊！」

溫先生跟多數人一樣，總自以爲對動物很有一套，哪怕有一次曾被一匹馬咬到屁股——而且還是那種兩個人扮演的道具馬。他自認馴服得了這隻生物，於是躡手躡腳地走過去，蹲下來，再擦亮一根火柴……

擦！

嘶呼！。

這是他第一次親眼見到牠。

喔耶！

啊，不然改說**喔～～伊喔伊喔**好了。

這玩意兒真的是**瞪西**，完全跟**怪物百科**寫的一模一樣。尺寸沒有一顆網球來得大。圓滾滾、毛茸茸，用滾的方式在移動。

兩個小洞很明顯，就在那隻大眼睛的兩側，一邊一個。其中一個洞應該是嘴巴，另一個就是屁眼。儘管兩個洞的功能完全不同，但外觀上毫無分別。

令人費解的是，溫先生這時竟用娃娃音開始對牠說起話來。活像只要你跟動物說話時，假裝自己還包著尿布，動物就會比較可能聽懂你在說什麼似的。

「哈囉，小東西，還是我應該叫你『**瞪西**』！你想跟我回家嗎？」溫先生輕聲細語地說道。

「**咯咯啊！**」對方回答。

儘管這個回答不像是在答應他，他還是伸手去摸對方。這動作證明是錯的。

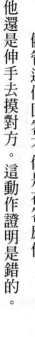

大錯特錯。

錯得離譜。

錯得可笑。

錯得徹底。

反正我們都同意這是錯的。

「喀喀啊！」

啪！

「啊嗚！」溫爸爸尖叫。

這隻瞪西咬住他的食指。

牠不肯鬆口，溫爸爸痛到眼淚都流出來。

「呀啊！」

溫先生滿臉通紅，頭髮根根倒豎。

「咪咪咪！莫莫莫！嗎嗎嗎！」[15]

15 要是你也這麼痛，也會這樣叫。

溫先生用力地前甩後甩右甩左甩他的手指。

「快放開啦！」

但這隻生物反而咬得更緊，牠瞇起眼睛，好似要一口咬死你。

「不不不不不不不不不不不不不不不不不不不不不不不不不不不不不不不不！」[16]

溫先生跌跌撞撞地穿過洞穴，在洞口處用力敲著岩壁，想把牠敲掉。

牠卻愈咬愈緊，簡直快把手指咬斷。

「去去去去去去去去去！」[17]

「對了，水！」他大聲喊道。「我打賭牠一定怕水！」

溫先生盡其所能地加快腳步，蹣跚衝向一座湖，然後想都不想湖裡可能有什麼（別忘了，這裡可是**最深幽最暗黑最叢林的叢林**哦），就跳了下去。

噗通！

---

16 以防你看不懂，這是很痛的另一種叫法。

17 這當然也是一種尖叫方式。

意外的是，溫先生竟然可以站起來，水深只到他的腋窩，於是他對瞪西下達最後通牒。

「好了！夠了！到此爲止！我要你把手指還給我！它是我最喜歡的手指！我需要靠它做很多事：幫書翻頁，幫屁股抓癢，挖鼻屎！[18] 對不起了，瞪西，是你害我沒有選擇！」

說完後，這男的鐵下了心腸。他以前就覺得自己的溫順外表下其實可能藏著一個**鐵漢子**，如今他終於找到了。說到底，他終究是男人國度裡最鐵漢子的鐵漢子。**沒錯！**

他把手指在空中高舉，爲這一刻做最

後的紀念，然後猝不及防地跳進水裡。

唰！

溫先生把手指一直浸在水裡，心想瞪西一定會鬆口。

他邊等候邊暗自竊笑。但等了又等，等了再等。然後又等了一陣子。

結果奇怪的事情發生了。

開始有泡泡浮出水面。

噗嚕！噗嚕！噗嚕！

這些泡泡很大，是褐色的，而且很臭。他被

18 這幾件事最好不要一起接著做。

嗆到開始流淚、流鼻水，噁心反胃。換言之，就是**噁臭爛臭到無敵臭**[19]。

這種臭跟那種狀似奶油和卡士達醬的糞便臭完全不同。溫先生屏住呼吸，低頭窺看幽暗的水面。原來他腳下踩的不是湖床。而是一種灰色、巨大、又活生生的生物。

噗嚕！噗嚕！噗嚕！

臭死人的泡泡仍不斷冒出水面。

溫先生這才恍然大悟他其實是踩到某頭動物。

而且還不是一般動物。

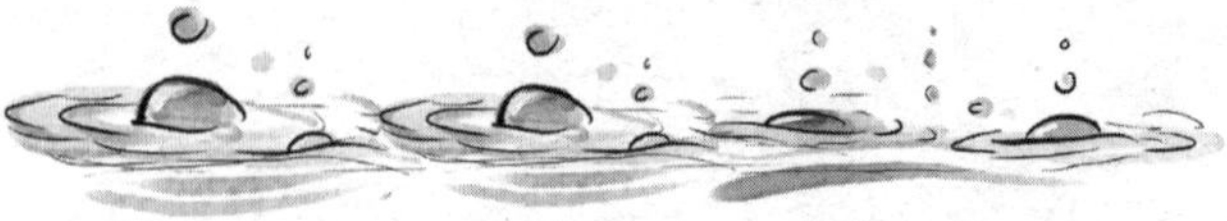

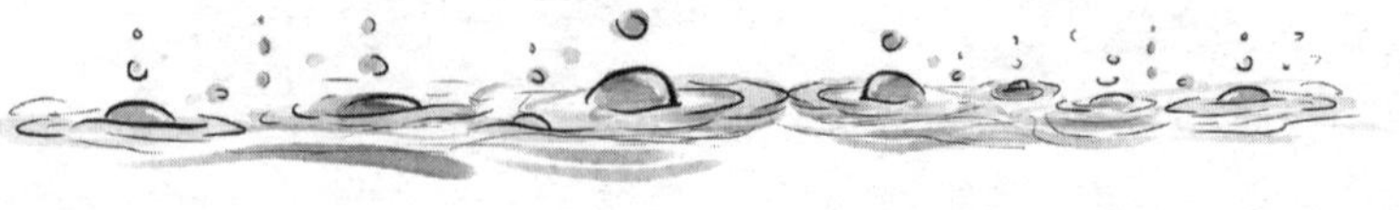

完了！

是喇叭河馬！

19 這是另一個你可以在**威廉大辭典**裡找到的字。

18 慘上加慘

當然說到喇叭河馬（或者複數名詞：喇叭河馬們[20]），有件事一定要記住，那就是當你看見泡泡時，那只是開始而已。有了一個泡泡，就表示等下會出現更多泡泡。溫先生低頭一看，發現他的兩腳中間有大量氣體噴射而出。

噗！呼！

這頭生物竟像魚雷一樣在水裡飛竄。

噗！呼呼呼呼呼呼呼！

嘩呼嘛～～～～～～～～！

但儘管時速高達一百英里，瞪西還是緊咬不放溫爸爸的手指。

20 由此可見，本書很注重精準的文法。

「噢——噢——噢嗚——！」

如果你以爲再糟不過如此了，那你恐怕錯了，就在這場驚天動地的混亂中，一群單翅鳥從牠們築巢的樹上飛了起來。

咕咕咕！咕咕咕咕咕！

因爲只有一隻翅膀（每隻鳥都只有一隻翅膀，不是一群鳥分享一隻翅膀哦……那也太蠢了吧），所以在空中急速打轉的牠們，不停撞上可憐的溫先生的臉——

啪！啪！啪！

「噢喔！噢喔！噢喔！」

然後牠們才筆直墜入水裡。

啪咻！啪咻！啪唰！

而這帶來了連鎖反應。接連掉進湖裡的單翅鳥吸引了湖底深處另一種生物的注意。

雙頭鱷鱷。

在怪物百科裡也有關於雙頭鱷鱷的記載。雙頭鱷鱷跟一般鱷魚不一樣，牠不是一個頭和一條尾巴，而是兩個頭，沒有尾巴[21]。

有兩張饑餓的大嘴要餵，這代表**慘上加慘**。

而且有兩個頭卻沒有尾巴的最大壞處是——會變得完全沒有方向感。一個頭要走這邊，另一個頭要走那邊。再加上溫先生在牠們的眼裡看來十分可口。於是雙頭鱷鱷都想去追他，卻拿不定主意，該追哪個方向，兩張大嘴朝著溫先生的方向猛咬，彷彿把他當成了晚餐。

咖！喀！咖喀！

21 要是有兩條尾巴卻沒有頭，那就更慘了。

溫先生就這樣食指被**瞪西**緊緊咬住，腳下踩著屁股一直噴氣的**喇叭河馬**，頭頂被**單翅鳥**不停轟炸，再加上**雙頭鱷鱷**緊追在後，大嘴猛咬，他不禁認爲這應該就是他的末日了。

「**救——命——啊！**」

他大叫。「拜託有誰可以把怪物百科拿去還給圖書館？還有罰款要付啊！」

但是大喊大叫一點幫助也沒有。事實上，反而把事情搞得更糟，糟到透頂。因爲這一叫反倒驚醒了另一頭動物，而且不是一般動物。這下完了！

溫先生喚醒了這世上
最致命的動物。

19 在飛的臘腸

錯了，這世上最致命的動物不是淘淘。

不過就在溫先生奔向窮途末路之際，他女兒的模樣確實在他的腦袋瓜裡一閃而過。在他的心裡，其實是很想在死前想像出他女兒美麗的一面，但不管他如何絞盡腦汁，就是找不到淘淘一絲一毫的良善。淘淘向來做不出什麼好事，但倒很擅長做「壞事」。溫先生的腦海裡開始浮現出各種畫面……

淘淘嫌聖誕禮物不夠多，一氣之下將聖誕樹折成兩半。

喀擦！

淘淘只要玩輸了蛇梯棋，就會氣得把腳踩在棋盤上。

蹦咚！

淘淘會一口氣把整塊生日蛋糕掃進嘴裡，好讓別人分不到。

咯囉！

當淘淘最喜歡看的卡通演完了，她就會把電視機打穿一個洞。

磅！

學校運動會那天，淘淘作弊叫媽媽開車載她繞著跑道跑。

呼嚇！

「開快一點！開快一點！」

如果叫淘淘快點去洗澡，她就會故意讓整個屋子淹水。

啪答！

當溫爸爸和溫媽媽鼓勵淘淘閱讀時，她就吃光他們的書。

咖滋咖滋咖滋！

當校長因淘淘把老師的頭塞進馬桶裡沖水而把她留校察看時，她就也把校長頭下腳上地塞進馬桶裡沖水。

嘩唰！

淘淘會在屋子外面擺攤出售她爸媽的所有私人物品，好幫自己買一座雲霄飛車。

淘淘哭吵著要吃小美冰淇淋，聲音響亮到連路旁的冰淇淋車都當場翻倒。

不，這世上最致命的動物不是淘淘。
是**直升象**。

這顯然是一頭會飛的大象。

當然是用牠的象鼻啊，我想明眼人都看得出來吧。

但牠要怎麼飛呢？

如果你研究過怪物百科，你就會知道。

直升象的象鼻非比尋常地長。當這頭動物把象鼻的轉動速度轉到夠快時，就能發揮螺旋槳的功能。

有什麼東西比一頭會飛的大象更危險？

沒有。因爲萬一牠緊急降落在你頭上，你就被壓成一攤果醬了。

當時正在河岸上睡覺的直升象。一聽到溫爸爸的喊叫聲，便氣呼呼地醒來。直升象一向是氣呼呼地醒來，因爲不管牠們睡多久，都覺得睡不夠[22]。

這頭動物一醒來，便想報仇，於是牠轉動象鼻，起飛升空。

直升象要怎麼控制方向呢？

當然是靠牠的尾巴。

尾巴可以發揮像舵一樣的功能。

拜託，這種構造應該再簡單不過了吧。

溫先生聽見頭頂上方傳來很吵的嗡嗡聲。一道黑影從他頭上掠過。他抬頭望見一根肥大臘腸在天上飛，遮住了太陽。

「哇哦……」

但溫先生還來不及驚嘆，直升象就用其中一根象牙勾住他的褲子將他一把提起，吊掛在半空中[23]。

「**我的媽媽咪呀！！！！**」從喇叭河馬的身上被勾起來的溫先生在衝上天空時，放聲大喊。

他褲袋後面的怪物百科掙扎著想要逃走。但在此同時，瞪西卻咬得更緊，甚至閉起眼睛，閉目養神。

「**啊喲喂呀啊喲喂呀啊喲喲！**」

---

22 有一次，有一頭直升象一睡就睡了十七年，醒來的時候情緒還是很不好。

23 被吊掛在半空中是很不舒服的，哪怕這是最標準的吊掛法，也是很賤的一招。

那種痛無法形容，所以除了無法形容這四個字之外，我就不再多做解釋了。

「放開我！」

溫先生對著直升象大叫。

可是他看看下面，發現離地面很遠很遠。

「我剛說錯了，我拜託你千萬不要放開，感激不盡！」

20 毛茸茸的手指保溫器

直升象的象鼻轉得跟螺旋槳一樣，牠一飛衝天，飛到雲層上方，這裡是天空與外太空的交界處，冷到刺骨。溫先生發現自己全身上下被一層薄冰覆蓋，宛如是一塊剛從冰庫裡拿出來、已被凍成**冰棍**的肉。

他低頭看看自己的手指。令他奇怪驚訝[24]的是，瞪西竟然還繼續咬著，但那單隻眼睛因太冷而眨呀眨的。

雖然還是像前面說的痛到無法形容，但至少身體有一小塊地方沒有結冰。

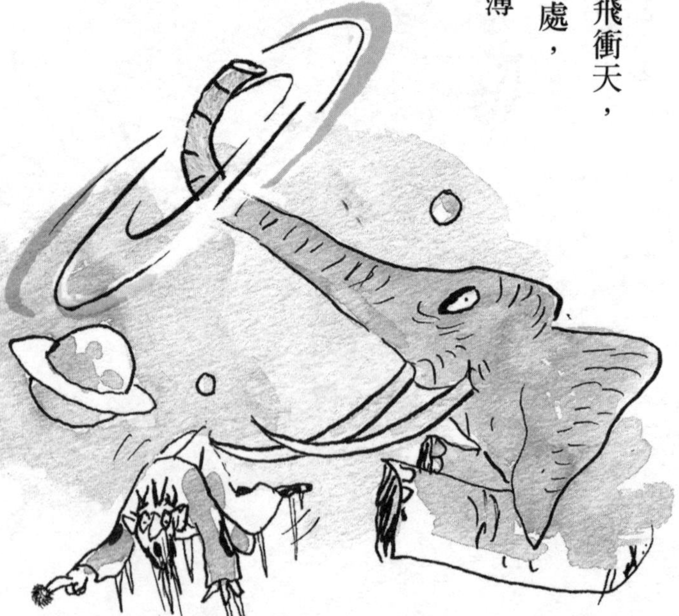

看來瞪西也算是個毛茸茸的保暖器。唯一的問題是你怎麼樣都甩不掉牠。

現在離直升象住的地方已經有幾百英里遠，牠準備好要報仇，把貨丟下去。於是轉眼間溫先生的褲子就沒勾在象牙上了。

「啊！」他一邊下墜，一邊大叫。

呼嘩——

「呼比！呼比！」直升象大喊道。

要是溫先生的動作不快一點，他就要變成地上一灘義大利肉醬了。

要是他有降落傘就好了！

溫先生看著那隻仍咬著他手指的毛茸茸東西。

24 沒錯，也有這個辭彙，只要查你的**威廉大辭典**就知道了。

叮咚叮！！

他有了一個點子。這點子荒唐到搞不好有效。

根據怪物百科，瞪西的體積可忽大忽小，有時候小到像一粒彈珠，也有時候大到像顆熱氣球。

溫先生一邊墜落，一邊盤算著這件事——

呼噓——

他開始朝瞪西的另一個洞用力吹氣。

呼！

呼！

呼！

瞪西的眼睛眨呀眨的，心想這男的在做什麼？

結果這隻生物就像充氣墊一樣開始膨脹。沒多久便脹到像足球那麼大，然後又像海灘球那麼大，於是溫先生更是用盡所有力氣死命地吹。

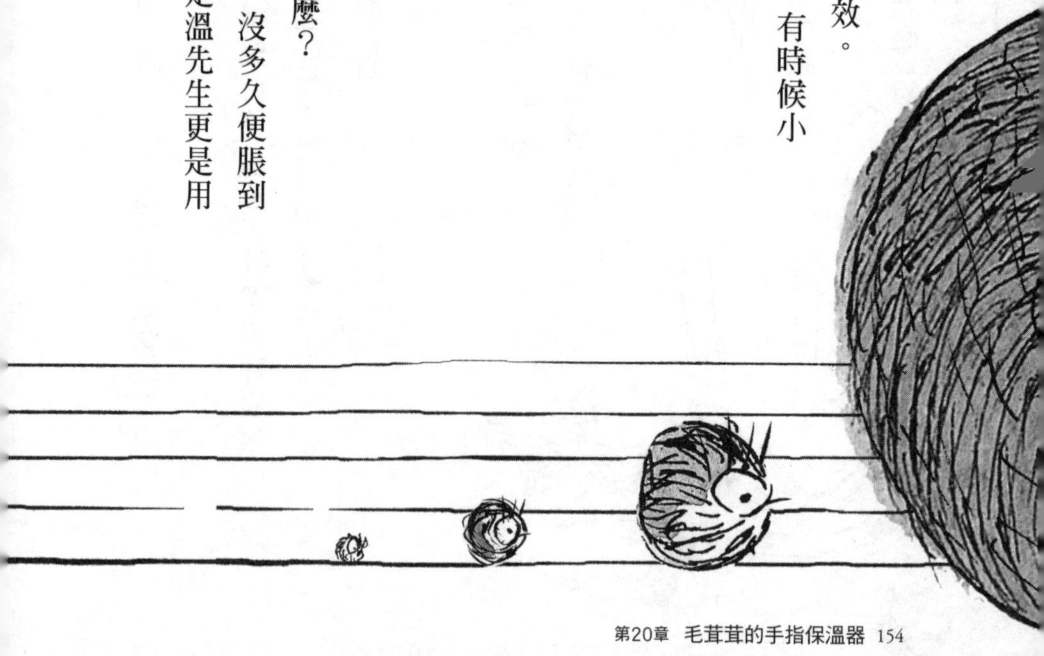

呼唔唔唔唔唔唔唔唔唔！

現在的瞪西竟脹大了一百倍或更多。牠不只大得像顆熱氣球，甚至還能發揮像熱氣球一樣的功能。溫先生不再下墜，反而飄飛了上去，越飄越遠。

咻呼——！

「我在飛欸！」

他大聲喊道。

21 熱氣球瞪西飛行號

現在溫先生要做的就是調整返家的航道。

他俯瞰腳下綿延數百英里的陸地，心裡竊喜自己省下了機票錢。溫先生把腳當成舵來操控方向。

他飛越非洲，穿過歐洲大陸，往不列顛群島挺進，並三不五時地往瞪西的另一個洞吹氣，就怕牠漏氣。

噗呼～～

最棒的是，怪物百科仍穩穩地塞在他的後褲袋裡。雖然還是要付一筆逾期未還的罰金，但總比搞丟書要給的罰款少多了。

溫先生很是得意，如果可以的話，他真想拍拍自己的背，誇獎自己。

他發明了一種全新的旅遊方法。

熱氣球瞪西飛行號[25]。

過了幾天之後，溫先生飛到了他所住的城鎮，然後是他住的那條街，再來是他住的屋子。

他的表情得意洋洋。他幫寶貝女兒帶來了超驚喜的禮物。他不僅躲過了死神，還爲她送來了這世上最棒的禮物。

牠是一種神話，也是傳奇，牠來自另一個世界，牠是**瞪西**。

「我辦到了！」溫爸爸大喊。

「我這個小老頭辦到了！」

25 這是熱氣球飛行的一種變身。但氣球是用吹的，千萬不要把吹氣跟吹牛這兩件事搞混哦，因為吹牛吹久了，就會漏氣了。

他朝那顆毛茸茸的球伸出手，擁抱牠。

「謝謝你！謝謝你！謝謝你！謝謝你一直沒有鬆口放掉我！謝謝你讓我吹氣，雖然我也不知道那是什麼洞！」不幸的是，他把瞪西抱得太緊，嚇得牠瞪大眼睛，結果就像顆氣球一樣劈哩啪啦地不停狂洩氣體，根本來不及再吹進去。

啪呼呼呼呼呼呼——

咻呼呼呼呼呼呼——

溫先生正往他的花園俯衝，他以爲能在草地上安全著陸。但希望落空，他正往屋子直墜而下。

「不——」他尖叫。

溫爸爸降落的速度太快了。

他撞破屋頂。

匡磅！

蹦！

再撞穿第一層地板，然後掉在客廳地毯上一堆灰撲撲的東西上。

「噢喔！」

還好他後褲袋裡塞著怪物百科，緩衝了著地的力道。要不然他的屁股可能就開花了[26]。

「拜託提醒我一定要把它拿去還給圖書館，」
溫先生說道，「我還有罰款要付。」

26　你絕對不希望是因為屁股開花才住院。
「醫生，醫生，我覺得我的屁股好像開花了。」
「讓我看一下——哦，這有點尷尬……沒錯，它開花了，我們會幫你做個石膏，要固定一個月左右。」
「那要是我想上廁所怎麼辦？」
「可能得憋住哦。」
「哇搭咧！」

22 鬍子長到了肚臍眼

「你怎麼去了那麼久！」癱在沙發上看卡通的淘淘大聲說道。

「哦，我的天，親愛的，你還好嗎？」一臉擔憂的溫太太衝進客廳，大聲問道。

「我很好啊。」女孩回答。

「不，我不是問妳，我的小天使，我是問妳爸爸！」才看到她先生一眼，就足夠令溫媽媽嚎啕大哭了。「嗚～～好慘哦，你怎麼這麼慘！」

這倒是眞的，溫先生看起來極爲狼狽。這屋子的男主人外出了好幾個月，現在的他瘦得跟一根竹竿一樣，而且鬍子長到了肚臍眼。又因爲他是撞破了屋頂和客廳的天花板才掉下來，所以從頭到腳布滿灰塵。最驚人的是，他的手指很不可思議地到現在都還跟一顆毛茸茸的球連在一起，哪怕它已經縮回原來的尺寸。

「馬麻，拜託妳不要哭，」溫爸爸說道，同時蹣跚地爬起來。「因爲今天是很快樂的一天啊，妳看！」他朝空中慢慢舉起手指。「我幫我們可愛的女兒帶回來什麼？」

溫太太一臉崇拜地看著她的新偶像溫先生，為他流下了驕傲的淚水。

「沒錯！」溫先生繼續說道。

「你把拔成功完成了這趟幾乎送命的任務，

從**最深幽最暗黑最叢林的叢林**裡回來了，

並把牠送到妳面前——一隻**瞪西**！」

淘淘從電視前面別過臉來，看了一眼，然後說：

「我已經有一隻了！」

第四部

大瞪西和小瞪西

23 我們當時笑得多開心

想也知道，溫先生簡直不敢相信自己的耳朵。「什麼意思？『妳已經有一隻了？』」

「就是一隻瞪西啊，你這個笨蛋！」淘淘說道。

「我已經有一隻瞪西啦。」

女孩指了指客廳角落的一個小籠子。

「你自己看，蠢蛋！」

溫爸爸驚訝地走過去隔著籠子窺看。在一堆破報紙裡頭，真的有一隻瞪西安坐在籠子裡，正眨著那小小的單隻眼睛。

「妳從哪裡找來的？」他脫口而出。

「寵物店啊。」

「寵物店？」

「**是啊！**你是聾子嗎？我剛才不是說了嗎！」

溫爸爸望向溫媽媽，後者也點點頭。

「親愛的，我眞的眞的很抱歉，」溫媽媽開口道，臉上仍舊布滿淚水。

「可是你去了那麼久，久到我天天以淚洗面，最後放棄了希望，以爲你再也回不來了。」

「我們以爲你翹辮子了。」淘淘補充道。

「太過份了！」溫爸爸回答。

「所以我就想是不是可以從別的地方找一隻瞪西回來。尤其是因爲淘淘又開始——我要怎麼說才恰當呢？又開始鬧了。」

「我把馬麻的頭塞進馬桶裡沖水。」淘淘咯咯笑道。

「反正我的頭髮也要洗了。而且你相信嗎？」溫媽媽皺起一張臉繼續回憶道，「這裡的寵物店竟然有賣瞪西欸！哦，我們當時笑得多開心啊！」

哈！哈！哈！女孩附和道。

溫先生深吸一口氣，他沒有怒火中燒，但他眞的很懊惱[27]。

「我旅行了**幾千**英里，」溫爸爸脫口而出，「差點就被生吞活剝，結果搞了半天，這裡的寵物店就有賣瞪西？」

「**親愛的，我真的很抱歉，**」溫太太回答。「我們其實應該在你出發前就先去寵物店找找看。老實說，那時候買瞪西有特價欸。」

「特價？」

「是啊，半價優惠。運氣眞是太好了。」

溫爸爸看起來像快哭了一樣。他一屁股坐在那張被撞得滿目瘡痍的扶手椅上。

「**噢喔！**」

溫先生的後褲袋仍塞著**怪物百科**。那本書現在正拼命地想從褲袋裡**爬出來**逃開，不想被他坐在屁股底下，因爲他已經

好幾個月沒洗澡。

27 生氣程度的分類表

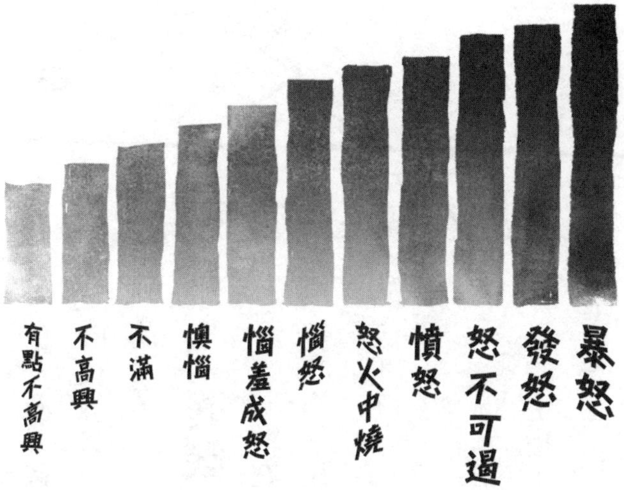

溫爸爸一解開他的後褲袋，書就趕緊跳出來。

咚噗！

它落在那張僅剩殘骸的茶几上，皮面封套現在多了一個屁股的印子。

溫先生低頭看看自己的手指，儘管發生了這麼多事，瞪西還是緊咬著他的手指，那單隻眼睛充滿怨恨地看著他。

然後最奇怪的事情發生了，這男的竟然開始大笑。

「哈！哈！哈！」

但這種大笑不是你聽到好笑的事情所發出的那種大笑，而是會讓你覺得他起肖[28]的那種大笑。

「現在我們有兩隻**瞪西**！**兩隻！兩隻！兩隻！**世上最糟糕的寵物！**兩隻！哈哈哈！**」

「對啊，」淘淘說道。「我已經有一隻了，我不想再有一隻。」

「我親愛的小天使，不可以對妳把拔沒禮貌。」溫媽媽提醒她。

「閉上妳的臭嘴。」女孩不客氣地說道。

溫太太立刻噤聲不語。

「收下吧，」溫爸爸哀求道，同時舉起他的瞪西手指。「拜託妳，我求求妳。」

「不要！」她咆哮道。「瞪西這種寵物無聊死了。」

「無聊？」

28 或者應該用正確的說法：「起笑」。

「對啊，牠們不會搞破壞。我以爲牠會把整個屋子拆了，但是沒有，牠只會像一顆又肥又毛茸茸的蛋一樣滾來滾去。」

溫先生很受挫。「那麼麻煩一下，至少幫我看看有誰可以把這隻該死的瞪西拔下來。我已經痛到受不了了。」

「好啊，好啊，當然好，親愛的。」溫媽媽回答。「淘淘，妳要不要當個乖寶寶，來幫我把妳把拔手指上的瞪西拔掉？拜託妳哦。」

「我才不要！」女孩不客氣地回絕。「妳自己拔，妳這個懶惰的老母！」

這位女士嘆口氣，只好自己伸出雙手抓住瞪西。這隻生物的單隻眼睛立刻轉了過來，狠瞪著她。

「用力！」溫先生下達指令。

溫太太用盡力氣地拔，但瞪西寸步不讓。

「再用力！」

還是拔不下來。

「再用力！」

一樣拔不下來。

這位可憐的女士累癱了。

「把拔，眞的很對不起，我已經用盡力氣了。」她嘆口氣。

這時溫爸爸想到一個點子。「屋裡有卡士達奶油夾心餅乾嗎？」

「沒有。」溫媽媽回答。「一個都沒有。我們本來有一大桶，可是短短幾秒鐘就被瞪西吃光了。」

溫爸爸靈光一現。「要擺脫這個討厭的東西，就只能靠它了。」

他大聲宣布道。「只要有——」爲了增強效果，他停頓了一下，

「餅乾，就行了！」

24 身為英國人

溫先生的手指還被咬在瞪西的嘴裡，在超市裡吸引了許多人用古怪的表情看著他。他心想，雖然他的手指有一顆單隻眼睛的毛球，但身爲英國人的他最好還是表現得沒什麼大不了的樣子。

他微笑招呼一樣跟他來店裡購物的顧客們。

「早安！」

同樣身爲英國人的他們什麼話也沒說，反而尷尬地笑了笑，趕緊走開。

雖然淘淘的體型已經大到根本塞不進購物推車的嬰兒座椅裡，她還是堅持要塞進去。

「我對走路過敏！」她爸媽把她放進去時，她這樣喊道。

「好了，卡士達奶油夾心餅乾在哪裡？」溫爸爸問道。

「我要洋芋片！」淘淘要求道。

「不行，我的小喵咪，今天我們不買洋芋片。」溫媽媽回答。「我們只買卡士達奶油夾心餅乾，才能幫你可憐的把拔擺脫瞪西。」

淘淘從來不照她爸媽的話做，現在當然也不會。所以這女孩順手抓了一大包洋芋片丟進推車裡。

咚喀！

「我的小心肝，這樣就夠了，」溫媽媽說道，「不要再買了。」

「還要！還要！還要！」

「拜託妳，不要再買了。」

「巧克力！」

「不行，小兔兔，我們今天不買巧克力。」溫爸爸回答。

淘淘還是從貨架上抓了最大一根巧克力下來。

「我最愛的小甜心，拜託妳，買這樣就夠了。」溫爸爸說道，同時加快腳步地推著推車，想盡快到餅乾區那裡。瞪西一定很餓了。搞不好牠也聞到食物的味道了，因爲牠的眼睛瞪得斗大，尖牙咬得更緊。

「咯咯啊～～」牠發出吼叫。

「哇啊哇啊哇啊哇啊！」溫先生痛得大叫。

「還要！還要！還要！」

「我說過不要再買了，我求求妳。」溫媽媽哀求道。

「糖果！」

「不行，小乖乖，我們今天不買糖果。」她嘴裡嚷著，同時拼命地加快腳步，想追上那台速度飛快的推車。

溫先生現在推推車的速度快到連走在前面的老太太都

得趕緊跳開。

「不好意思！」他大聲喊道，原來有個可憐的老太太爲了閃躲推車，竟跳進了冷凍櫃裡。

「不用道歉啦！」她朝他喊回來。「反正我也需要買些冷凍豌豆！」

而這一路上，淘淘就不停地從貨架上抓下一袋又一袋的糖果，丟進推車裡。

叮！咚！噹！

沒多久，推車裡的東西多到快爆出來了。

「小布丁，不要再拿糖果了！」溫先生說道，同時在走道上快跑衝刺。如今他痛到頭昏眼花，感覺這隻瞪西好像快把他的手指咬斷了。

「咯啊啊啊啊！」

「哇咧哇咧哇咧哇——」溫爸爸大叫。

就在這時，一個身形龐大的警衛慢慢走到拐角處，大聲喊道：

「給我把那台推車停下來！」

25 疣

這位警衛很不聰明地站在速度飛快的推車前面。

哪怕她已經比出停止的手勢，但溫先生還是來不及煞車。

「對不起！」他喊道，但已經來不及了。

蹦！

載著淘淘的這台推車撞上了警衛，警衛當場撞飛了出去。

咻呼～

「啊！！」

「**哈！哈！**」女孩大笑。

「親愛的，這一點也不好笑。」溫媽媽糾正她。

「不，這太好笑了！」女孩回答。「**哈！哈！哈！**」

警衛最後摔在起司區，剛好摔在藍起司和紅起司中間。

還好落地時有臭主教軟起司墊底。

噗嘰！

「噢喔！」

「妳的起司選得眞好。」溫先生微笑著說了這一句，希望多少分散警衛的注意力，免得她想起自己是被一個手指頭有一顆毛球的男子撞倒。

「你能不能好好解釋一下你剛剛跑那麼快是要去哪裡？」

警衛一邊擦擦屁股上那又臭又黏的起司，一邊質問道。

「我們只是慢慢走，要去餅乾區那裡！」溫先生回答，同時用手指比出方向，一時忘了瞪西還咬在上面。

「糟了！」他咕噥道。

「那是什麼？」警衛質問道。

「什麼是什麼？」他故作無辜。

「那東西！」

「這是**瞪西**！」淘淘插嘴。

「噓！」女孩的媽媽要她安靜。

「超市不准帶寵物進來。」警衛大聲說道。

「這不是寵物。」溫爸爸撒謊道。

「那可以請你解釋一下這是什麼嗎？」

溫先生不擅長騙人，想了一下後說：**「是一顆疣。」**

「一顆疣！哈！哈！哈！」淘淘大笑。

「噓！」溫媽媽要她別出聲。

警衛看起來不太相信。她挨近查看那顆突起物，愈靠愈近，眼睛跟著瞇了起來，鼻子也嫌惡地皺了起來。「如果這是疣，那它應該是我這輩子見過**最大顆**、**毛最多**、又**最噁心**的疣。」

「謝謝妳，」溫先生回答。「我的疣是得過獎的。」

瞪西倏地睜開眼睛，轉過去瞪看那名警衛。

「它有眼睛欸！」

「可能是因爲這樣才得獎。」

警衛看起來很惱火，又追問他：「是什麼樣的比賽？」

「當然是疣的比賽啊。它可是得過『西南區最毛茸茸的疣』首獎，我有證書哦。而且我的疣有得到獎章。」[29]

瞪西八成聽到了這段談話，因爲牠齜牙低吼，咬得更用力了。

「咯啊啊啊～！」

「不——不——不——不——不——！」

「你的疣剛剛在吼欸！」警衛大聲說道。

「有嗎？我什麼也沒聽到。」溫先生撒謊道。

「眞的有。」

「咯啊啊啊！」

「哇哩咧！」

「它又吼了！」

「大顆一點的疣的確會發出聲音，」溫先生欺騙道。「最好不要那麼緊張。這只是表示它們還在長大。如果不介意的話，我和我的疣要失陪了，我們眞的得趕到卡士達奶油夾心餅乾那裡，再見！」

說完，他就推著推車開溜了。

咻呼～～～～

29 疣競賽在中世紀的時候非常受歡迎，當時如果有人臉上長滿疣，就會被認為是美到了極點。

26 眼淚、鼻涕、口水大噴發

溫先生用騰出來的那隻手抓了一包卡士達奶油夾心餅乾下來，然後跑到最近的收銀台。淘淘一路上從貨架上抓下來的商品這下全都被放上輸送帶，收銀員看起來脾氣不太好、年紀只有十幾歲，這時大聲說道：「總共是七百八十三英鎊五十三便士。」

眼前是堆得像小山一樣高的洋芋片、巧克力和糖果，連對淘淘來說，那個量都多得驚人。

「可是我身上沒帶這麼多錢。」溫先生緊張地說道。

「我也沒帶那麼多。」溫太太喊道，然後朝她女兒轉身。「小可愛，你介不介意我們把一兩包糖果退回去？」

淘淘用鄙視的眼光看著她爸媽。

「不不不不不不不不不不不不不不不不不不不不不不不不不不不不不不不不不不不不不要！」她放聲大叫。

聲音大到超市裡的每個人都聽得到。事實上，連鄰鎮超市裡的人也都聽到了。當然姓溫又本性溫和的溫先生和溫太太，最害怕出洋相。連瞪西也不喜歡，於是牠又吼了起來——

「咯啊啊啊啊！！！！！！」

牠閉起單隻眼睛，再次狠咬溫爸爸的手指。

溫爸爸痛到皺眉蹙額。「媽——呀我的媽——呀！」所有眼睛都瞟向這位個頭小又害羞的男士，於是他趕緊說道：「不好意思，是因爲我的疣突然急速長大。」

「咯啊啊啊！」瞪西不喜歡他這樣說，完了，這隻生物咬得更用力了。

「呀吧呀吧嘟——」溫爸爸大叫。「拜託，我們得回家，而且要快。我們先把這一大罐軟糖放回去好不好？」

他朝推車伸出手。

「不要碰我的軟糖！」

「要是我一定要碰呢？」溫爸爸問道。

「我就一直叫一直叫，叫到我肚子的東西全都吐出來，吐在你身上！」

「她以前也做過這種事。」溫媽媽想了一下，然後這樣自言自語道。

現在姓溫這一家人後面已經站了一排人龍等著結帳。身爲英國人的他們雖然沒有公開抱怨必須久候，但還是不斷發出不耐的嘖嘖聲。

「嘖！」

「嘖！」

「嘖！」咂嘴的嘖嘖聲響此起彼落。

「完了，大家都在對我們嘖呀嘖的，眞是丟臉到家了。」溫爸爸低聲道。[30]

「拜託，我們可不可以把這盒小不拉嘰的東西放回去？」溫媽媽哀求道，同時拿起一小包太妃糖。

30 嘖嘖聲是圖坦王發明的，或稱圖坦卡門，也是古埃及的法老王。他每天都會去巡看正在蓋的金字塔，只要看到有哪個奴隸停下來喝茶納涼，就會發出響亮的嘖嘖聲。

「哇哇哇哇哇哇哇哇哇哇——」淘淘開始哭號。

她的眼淚、鼻涕、口水像火山爆發一樣噴在每個人身上。溫先生、溫太太、瞪西、收銀員、還有排隊等候的顧客們全都被淘淘那黏糊糊的眼淚鼻涕口水從頭覆蓋到腳。

「咯啊啊啊！！！」瞪西咆哮。

「巴拉巴拉巴拉巴拉巴拉……」顧客們也牢騷不斷。

「這真令人神清氣爽啊。」溫媽媽發表看法，試圖幫這場名符其實的鼻涕澡[31]背書。

由於騷動聲不斷，超市經理急忙從辦公室裡出來。

「出去！都給我滾出去！滾出我的超市！立刻滾！」她大喊道。可是地板上糊著一層眼淚鼻涕口水，變得像溜冰場一樣滑溜，結果她滑了一跤，屁股著地地不停往前滑，威嚴跟著蕩然無存。

呼咻！

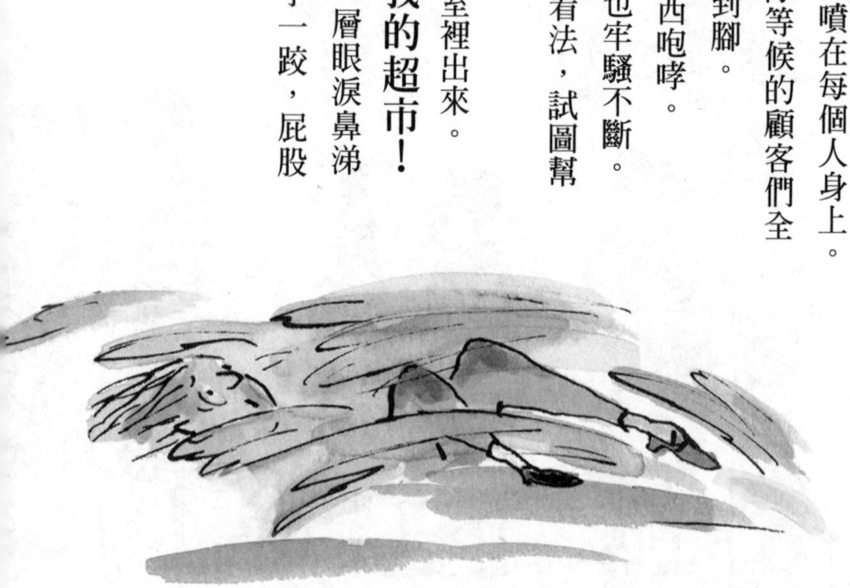

「哇——嗚！」

她的屁股在地上滑得超快，結果迎面撞上溫先生的推車——

乓啷！

被撞的推車轟隆轟隆地往前衝——

匡乓！

當場撞破超市櫥窗——

碎滿地！

推車上的淘淘和商品全被摔飛到大街上。

呼咻！

「哦，天啊，我的天啊。」溫媽媽慌張喊道。

「哦，天啊，我的老天啊！」溫爸爸也驚慌喊道。

31 請打開**威廉大辭典**查閱。確實有這個詞。鼻涕澡的意思是被鼻屎、痰液、和淚液澈底洗滌。

27 為卡士達奶油夾心餅乾瘋狂

被摔飛出來的購物推車在車來人往的街上溜來滑去，仍塞坐在推車嬰兒椅上的淘淘還在吃洋芋片。

嗶！嗶！

唧——！

磅！磅！

碰——！

「快攔下那台推車！」溫爸爸開著他的小車子，從車窗探出頭來喊道。

「上面有很重要的卡士達奶油夾心餅乾！」

「還有我們的女兒！」溫媽媽喊道。

「哦，對，還有我們的女兒！」

「別忘了主角是誰，我們可不能讓我們的小天使不高興。」

「對對對，淘淘要擺在第一位。」

「那是當然的囉。」

溫先生在車陣中左閃右躲，好不容易追上推車，與它並駕齊驅。

蹦！

「快跳上我的引擎蓋！」

「我在忙欸！」女孩回答。說句公道話，她是眞的在忙，因爲她已經打開那盒卡士達奶油夾心餅乾。

「我的小花瓣，拜託妳不要全吃光！」溫爸爸哀求道，同時從車窗裡伸出手想攔住推車。「我需要拿它們來餵瞪西！」

「咯啊啊啊！！！！」吼聲傳來。瞪西轉動單隻眼睛，盯著餅乾。

牠一看到卡士達奶油夾心餅乾就瘋了。

「咯啊啊啊啊啊啊啊
啊啊啊啊啊啊啊啊！」

就在那瞬間，瞪西鬆開溫爸爸的手指。

「咯啊！」

「我的手指還在！」溫爸爸歡呼道，
同時檢查食指上的咬痕。

瞪西跳出疾駛中的車子，撲上推車。

咚隆！

「咯啊啊啊！」

牠滾過一包包食品——

滾！滾！滾！

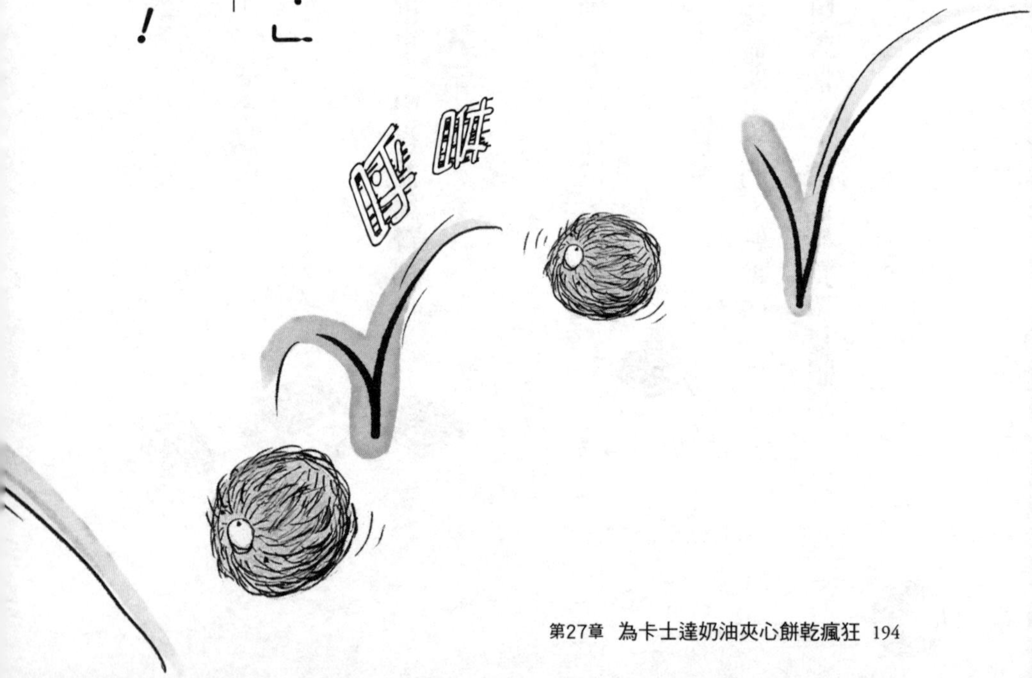

然後朝女孩身上跳了過去，搶走她手裡的餅乾。

嘎嘣嘎嘣！

「走開！你這個討厭鬼！」淘淘喊道，她單手揮開那隻生物，另一隻手忙著從袋子裡掏出另一片卡士達奶油夾心餅乾。混亂中，她忘了看前方的動靜。

一台雙層巴士正行駛在馬路中央。

溫先生急踩煞車。

ㄍㄧ——～！

車體一陣抖動，緊急煞住。

溫先生和溫太太的臉全貼擠在擋風玻璃上。

啪！

「淘淘！小心！」溫媽媽尖叫。

太遲了。

超市推車迎面撞上巴士。

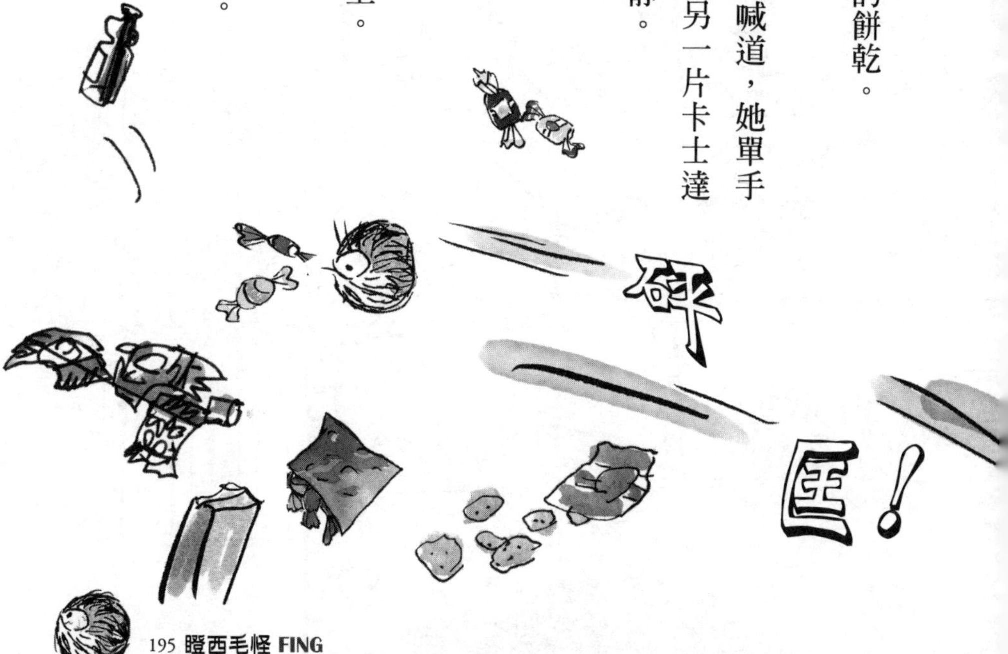

餅乾 *
*免費收集
餅乾屑
快來買卡士達
奶油夾心餅乾，
賣完為止哦。

眨眼間，推車和推車裡的所有東西都朝巴士上方摔了出去，飛在半空中。

就連瞪西也被掃向半空中。

「咯啊啊啊啊！！！」

溫先生和溫太太張大嘴巴，瞠目看著他們的女兒在空中翻滾，但那張嘴巴仍忙著吃餅乾。

嚼嚼嚼！

直到女孩

咻—砰！

跌落在馬路上。

28 狼吞虎嚥

事後，溫先生和溫太太拎起馬路上的淘淘、瞪西和所有食品，全塞進車子後面，然後開車回家。等到他們再度打開後車廂時，竟發現瞪西不只吃光卡士達奶油夾心餅乾而已。

「我的媽呀！」溫爸爸說道。

「我的媽媽呀！」溫媽媽附和道。

完了！

瞪西吃光了所有洋芋片、所有巧克力和所有蛋糕。牠嘴巴四周沾滿巧克力。呃，你只能假設那是牠的嘴巴。老實說，你也只能假設那是巧克力。瞪西吃光從超市買來、跟小山一樣高的東西之後，開始改嚼後車廂裡的備胎[32]。

---

32 奉勸別吃備胎。味道嚐起來有點橡膠味。

ㄎㄧㄠ ㄎㄧㄠ ㄎㄧㄠ ㄎㄧㄠ

吃了這麼多東西的瞪西，身體開始脹大。現在牠變得像彈跳球那麼大。

也因爲像彈跳球，牠開始跳呀跳的。

蹦！

牠跳出後車廂。

蹦！

牠從溫先生和溫太太旁邊跳開。

蹦！

牠跳上屋子前面的車道。

蹦！

最後牠跳到前門。

蹦！

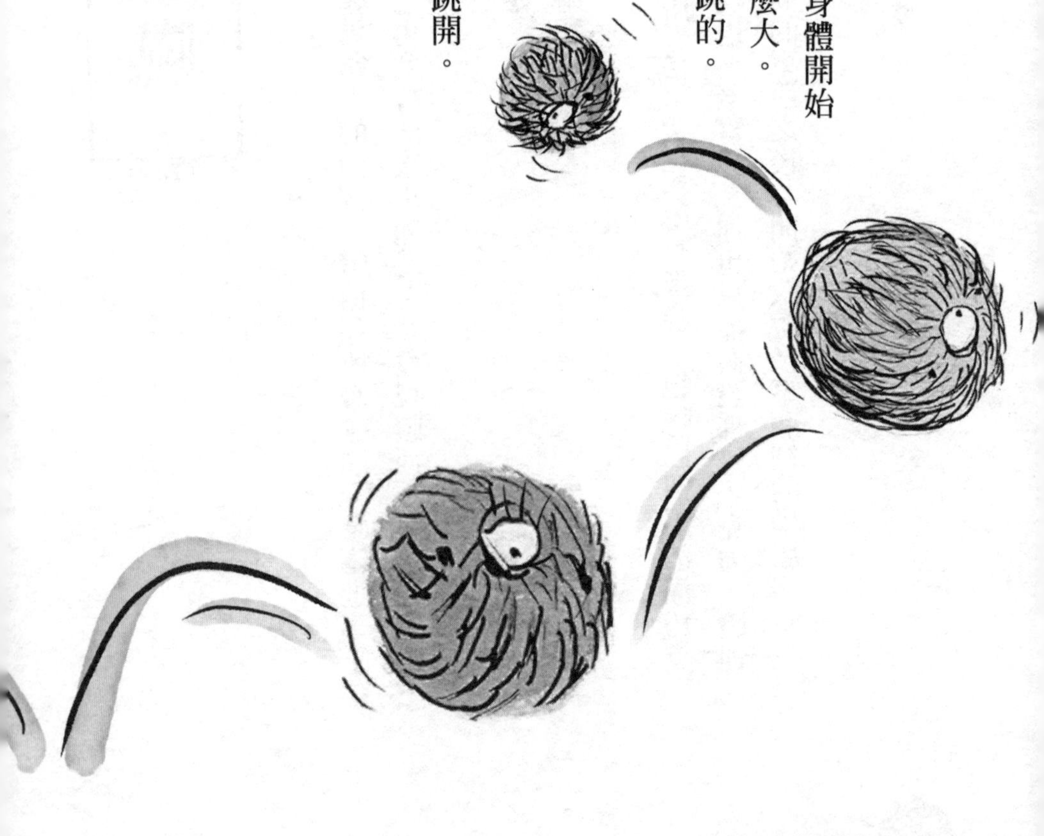

瞪西無法再往前跳，只好朝那扇門不停彈打。

蹦！蹦！蹦！！

而且彈打地愈來愈大力。

蹦！蹦！蹦！！

「瞪西，拜託你，等我一下。」溫媽媽喊道。「我馬上就開門。」

可惜她不會說瞪西語，只能這樣跟牠溝通。她追在這隻生物的後面，手裡拿著的前門鑰匙叮叮咚咚響。但就在她準備把鑰匙插進鑰匙孔時——

蹦！蹦！蹦！！

瞪西因爲彈打得太大力，門上的鉸鏈竟被牠撞開了。

磅！

門板栽倒在屋子裡。

碰！

「哦，你自己把門打開了欸。」溫媽媽說道，盡量裝出開心的語調。

這時候的溫爸爸正把淘淘從車裡抬出來。他只不過出外離家探險了幾週，他女兒就變得更重了。

「哦，我的背！」他試著把她扛起來，結果痛得大叫。「我的小花瓣，你要不要自己走兩三步進屋裡去，只要這一次就好。」

「我不要！」她悍然拒絕。

「好吧，我盡量試試看。」溫爸爸嘆口氣。

就在他抱著淘淘，蹣跚地經過後車廂，走向屋子時，淘淘瞄見後車廂裡的東西都空了。

「我的東西到哪裡去了？」她質問道。

「我最親愛的女兒，我有一個很不好的消息——」

「什麼？」

「那些東西恐怕都被瞪西吃光了。」

「不！！！！！」

「也沒全吃光了，還有備胎啊，如果你也想吃一點的話……」

「哇哇哇哇哇哇哇哇！」

29 大瞪西遇見小瞪西

親愛的讀者們，現在我要邀請你們去看最無敵溫馨的畫面。在客廳裡，瞪西正在籠子旁邊興奮地彈來跳去，籠子裡則住著從寵物店買來的另一隻瞪西。

蹦！蹦！蹦！

溫媽媽一臉開心地看著牠們。「太好了，」她尖聲說道。「大瞪西等不及要見小瞪西了。」

小瞪西從報紙堆裡爬出來，嘴巴（也有可能是牠的屁眼[33]）抵著鐵籠。大瞪西蹦蹦跳跳地撞著籠子。

蹦！蹦！蹦！

「嚶！嚶！嚶！」小瞪西嚶嚶叫道。

叮！叮！叮！

溫爸爸好不容易把他女兒搬進客廳，放上沙發。

客廳裡頓時揚起漫天灰塵。

「這兩隻可愛的小動物要做朋友了欸！」溫媽媽說道。「親愛的淘淘，妳快來看！」

「看什麼？」

「既然牠們都是妳的寵物，也許妳想要自己把大瞪西介紹給小瞪西？」

「我要看卡通！」

「現在就要看？」

「對，現在！」

溫媽媽嘆口氣，打開電視。淘淘瞪著電視看，漫不經心地挖著鼻孔。

33 你永遠不知道哪個洞是嘴巴，哪個洞是屁眼。

「我在圖書館裡讀了所有跟動物行爲方面的書[34]，所以我知道當你要介紹寵物跟另一隻寵物認識時，最好要慢慢來。」溫太太開口道。

「馬麻，妳說得很對。」

「把拔，謝謝你的認同。你先去抓住**大瞪西**，我去把小瞪西從籠子裡帶出來。」

溫先生照她的話做。他跪下來，但膝蓋被他的長鬍鬚微微磨到。

「噢嗚！」

「你還好嗎？」

「沒事，沒事。」他趕緊回答，然後就把大瞪西按在地板上，不讓它再彈來彈去。

「咯啊啊啊啊！」

這時溫太太把小瞪西籠子的門輕輕打開。

喀！

「嚶！嚶！嚶！」

「好啦，」她說道，同時把手伸進籠子。「我要讓牠們先互相嗅聞。」溫媽媽用手扣住只有一顆彈珠這麼小的小瞪西，然後再慢慢地把牠拿出來跟家裡的新成員見面。小瞪西瞪大眼睛。

「小瞪西，快來見見**大瞪**……」但她都還沒說出「西」這個字，大瞪西就突然掙脫溫爸爸，彈了起來——

「咯啊啊啊啊啊啊啊啊啊啊啊啊！」

蹦！

然後——

嚼嚼嚼！

小瞪西就被一口**吞下肚**了。

咯囉！

「嗯……這跟原先的計畫不太一樣。」溫媽媽說道。

34 說到如何讓寵物互相認識這類的書，其中最厲害的一本就是《如何讓寵物互相認識》。

嗝!!

這畫面可能不像我當初想得那麼溫馨。

特在此致歉。

30 即時重播

「親愛的淘淘？」溫媽媽開口喊道。

「幹嘛？」仍黏在電視機前面的女孩回答。

「是小瞪西啦，我不知道要怎麼說比較好，就是……呃……」

「什麼啦？」

「……被吃掉了。」

「不不不不不不不不不不不不不不不不不不不不！」淘淘哭號。

「我們應該幫她請個寵物傷慟治療師。」父親小聲說道。

「我可憐的小天使，」溫媽媽說，「妳一定很難過。」

「對啊！」淘淘大聲說道。「我怎麼沒親眼看到！？」

「妳說什麼？」

「**我要妳立即重播給我看！**」

「重播什麼？」

「廢話！快叫大瞪西把牠吐出來，再吞一次給我看。」

溫媽媽眼眶泛淚，拿手帕摀住自己的嘴巴。她從沒聽過這麼噁心的事。

「不行！」她語氣堅定地說道。「我們絕對不做這種事。」

「那就閉上妳的大嘴巴！讓我看完我的卡通！」

「我的小天使，當然好，真不好意思打擾妳了！」

「**閉嘴！**」

溫太太於是朝溫先生轉身，她注意到好像有什麼事怪怪的。

「把拔？」

「馬麻，什麼事？」

「**瞪西**呢？」

溫先生環顧整個客廳，就是不見牠的蹤影。

「完了，我不知道欸。」

磅！

在那裡！

牠撞開了廚房門。

「牠一定是很餓了。」溫爸爸說道。

這對夫妻衝進廚房，驚見正在找食物吃的瞪西將眼前看到的東西全都砸得粉碎。

「咯啊啊啊啊啊啊啊
啊啊啊啊啊啊啊！」

盤子都摔到了地上。乒啷！

煮鍋、炒鍋飛在半空中。

鏗！鏘！空！

玻璃碎裂。

匡！

瞪西用牠的其中一個洞打開冰箱門。

喀答！

牠一進到冰箱裡面，就把所有東西都掃光。

咯囉！

咯吧！

咬咬咬！

「快阻止牠！」溫媽媽尖叫。

「我去搶救給淘淘當下午茶點的巧克力慕斯。」

太遲了。

悉嚕悉嚕！

只半秒鐘就不見了。

溫爸爸趁瞪西跳出冰箱的時候，衝過去想抓住牠，但牠直接朝他衝來，當場將他撞倒在地。

「咯啊啊啊啊！」

蹦嗯！

「噢嗚！」

咚！

「不要跑！」溫媽媽尖叫，隨即撲上瞪西，坐在牠上面。

「我不敢相信！我竟然坐在瞪西身上！」她大聲喊道。

「咯啊啊啊！」

這隻動物先是凶狠地抬眼瞪她，然後就往不同方向滾動，試圖掙脫！

「咯啊啊啊！」

「咯啊啊啊！」

「咯啊啊啊！」

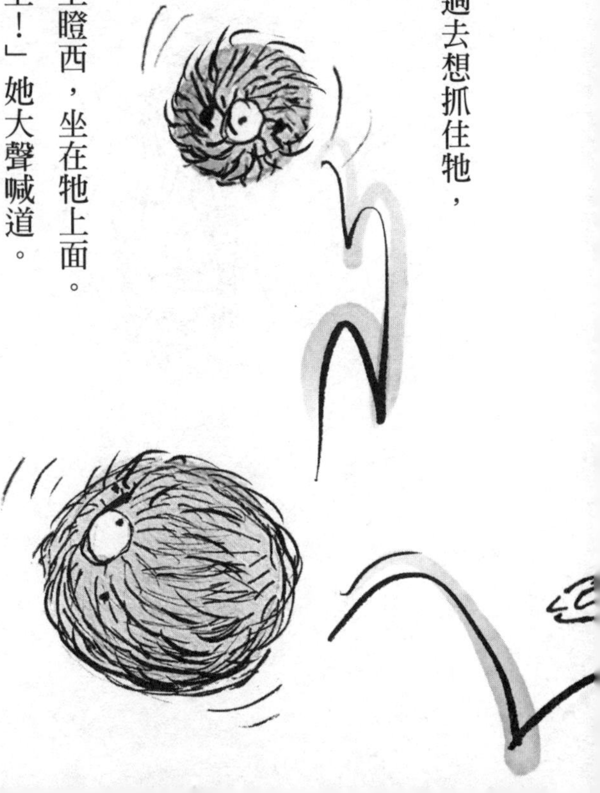

但溫媽媽還是把她的屁股用力往下壓。

「**接招！**」

突然間，瞪西動也不動。

「完蛋了！」

「**我把牠壓死了！**」溫媽媽大喊。

第五部

大爆炸

31 惡臭

一切靜悄悄的，直到那隻生物專心地閉上唯一的眼睛，這才突然發出震耳欲聾的聲響。

噗嗚嗚嗚~

緊接著超大坨的屎被拉了出來。

咚！

這坨屎大到比瞪西本身都還要大。

溫爸爸從地板上爬起來，出聲讚嘆這坨屎。

「怎麼可能會大出這麼大一坨？」

「我不知道欸，」溫媽媽回答。

「但至少我們現在知道哪個洞是牠的

屁眼了。可憐的小瞪西一定也在這裡面。」

「呃……馬麻，我想牠應該希望渺茫了。」溫爸爸說道，同時走到他太太旁邊，細看那大坨屎。

「是啊。」

「確實渺茫。」

這坨屎的味道難聞到連牆上的油漆都跟著剝落。[35]

甚至嗆到連瞪西的那單隻眼睛也開始流淚。

可憐的溫太太用手帕摀住嘴巴。

「瞪西的大便好臭哦！」

35 小提示：瞪西的糞便其實可以充當除漆劑的便宜替代品。

「馬麻，妳別擔心，我來清理！」

溫爸爸回答，同時伸手到櫃子裡拿畚箕和刷子。

但一拿出來，才發現要清掃這麼大坨的東西，這兩個工具根本小得可憐。

「讓我來好了。」溫媽媽說道。

說完，她就憋住氣，將整坨屎推出廚房，塞進花園裡。

推！推！推！

「好了！」她說道，同時兩手拍一拍，表示完工。

「馬麻，妳好強哦。」

「謝謝你，把拔！」

然後這對夫妻看著瞪西，後者正在吞食溫家最愛吃的早餐穀類食品，還有它們的盒子以及所有東西。

ㄎㄠˊㄎㄠˊㄎㄠˊㄎㄠˊ！

咖滋咖滋！

咕囉！

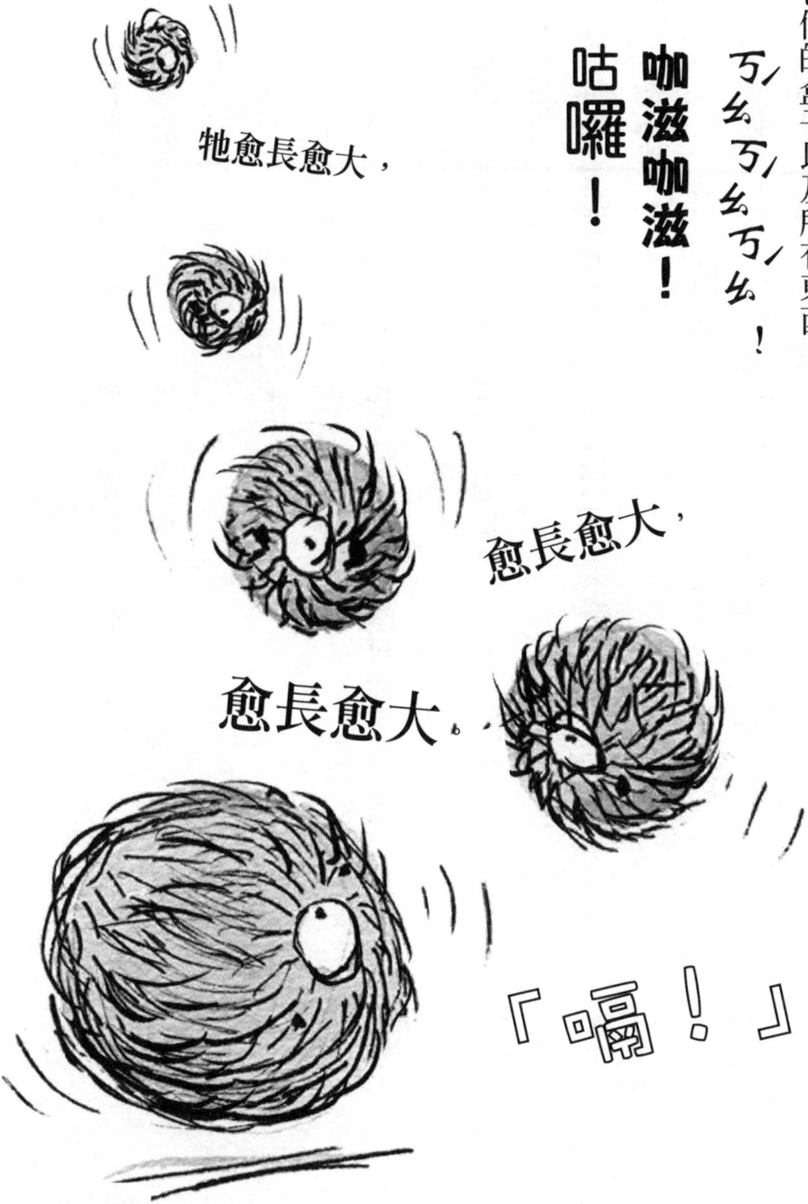

牠愈長愈大，

愈長愈大，

愈長愈大。

「嗝！」

「我們到底該拿牠怎麼辦？」溫爸爸問道。

溫媽媽想了一下。「你可以把牠送回去嗎？」

「送回去？」

「送回你當初找到牠的地方。」

「我爲了把牠帶回來，差點沒命欸！」

「可是我擔心瞪西要是繼續待下去，淘淘可能會有危險。萬一牠往她身上大一坨屎，她就被活埋了。」

這對夫妻瞬間陷入了思考，不過也只是一下下而已。他們人都太好了，好到竟不忍把牠送回去。

這時溫爸爸靈光一閃。「我們鎖在小木屋裡好了。」

「淘淘？」

「不是，我是說瞪西。」

「好啊，好啊，這點子好。把拔，這眞是個好點子。」

「馬麻，謝謝妳的誇獎。」

「咯喔喔喔喔！」瞪西吼道。牠瞇起牠單隻眼睛，一點也不喜歡這點子，於是火速跳出廚房，彈進走廊。

蹦！

蹦！

蹦！

「完了！」

溫爸爸說道，

「牠跑掉了！」

32 嘶嘶作響的毛

正當他們的女兒還在客廳裡開心地看著卡通時，溫先生和溫太太卻在屋子裡頭四處追著瞪西。

牠跳上樓梯——

蹦！

蹦！

蹦！

牆上照片被牠撞了下來。

「咯啊啊啊啊啊啊啊啊啊！」

牠跳進臥房，在床上跳上跳下。

蹦！

蹦！

蹦！

床鋪斷成兩截。ㄆㄧㄚ！

「咯啊啊啊啊啊啊啊啊！」

「拜託你，瞪西，不要再鬧了！」溫先生和溫太太喊道。

但不管他們怎麼做，都無法阻止牠。

蹦！蹦！蹦！

接著牠跳進浴室，在廁所裡面跳來跳去。

蹦！

蹦！

蹦！

連馬桶被牠跳破。

匡啷！匡！鏘！

「咯啊啊啊啊啊啊啊啊啊啊啊啊！」

「完了！」

馬桶水噴得到處都是。

四處噴濺！

溫先生和溫太太全身被噴濕。

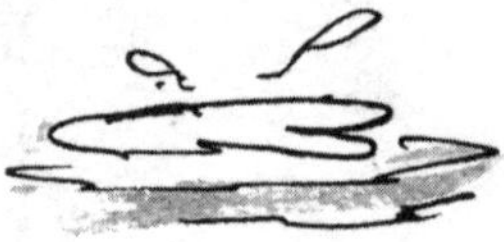

蹦！蹦！蹦！

牠跳進淘淘的房間，把她的東西全砸成碎片。

鏘！乓！碰！

「咯啊啊啊啊啊啊啊啊啊啊啊啊！」

遙控樹籬，碎了！

用無籽小葡萄乾堆出來的納爾遜紀念碑，垮了！

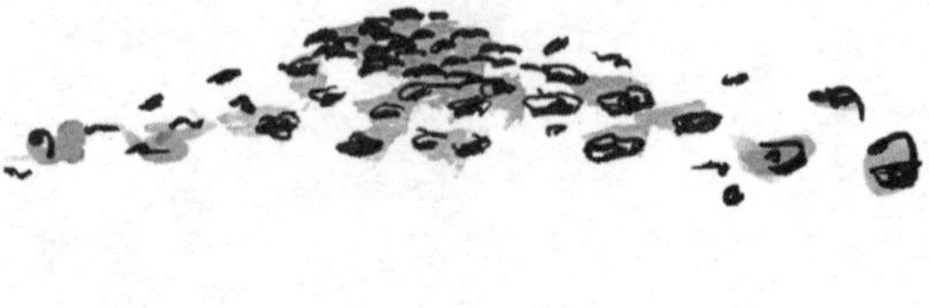

純金的倉鼠滾輪，毀了！

超大的可充氣核桃，爆了！

小袋熊榨汁機，爛了！[36]

「瞪西！住手！算我們求你好嗎？」溫媽媽喊道。

「咯啊啊啊啊啊啊！」

由於頂樓沒東西可以破壞了，於是瞪西又彈彈跳跳地下樓去。

蹦！蹦！蹦！

速度飛快的瞪西撞上客廳的門——

磅！

門被當場撞成碎片。

乒啷！

---

36 這對小袋熊來說是件好事，因為一般來說，牠們並不喜歡被榨成汁。
呃……如果是你被榨成汁，你也不會喜歡吧？

「咯喔喔喔喔喔喔喔喔喔！」

接著牠跳上癱躺在沙發上的淘淘——

碰！「喂！」

再撞進電視螢幕，才終於停下來。

乒！

滋滋滋滋滋滋滋～！

電視炸了開來。

磅！

「怎麼會醬啊？」女孩尖叫。

「我不能看卡通了啦！」

她爸媽這時衝進客廳，被燒焦的瞪西從電視裡彈了出來。

ㄉㄨㄞ！ㄉㄨㄞ！ㄉㄨㄞ！

靜電在牠全身上下嘶嘶作響。

ㄙㄙ ㄙㄙ！
ㄙㄚㄚㄚ！
ㄘㄘㄘㄘ！

「給我把那瞪西趕出去！」淘淘下令。

爲了強調憤怒，這女孩還猛跺她的腳。

這隻生物頓時呆住，溫先生和溫太太趕緊抓住機會。

「上！」溫媽媽下令道。

這對夫妻撲了上去。

他們先把牠滾進花園，再使盡全力將牠塞進小木屋的門裡，最後鎖上。

喀答！

兩人手牽手，蹦蹦跳跳地回到屋裡，完全不知道那天晚上會有多驚恐的事情等著他們。

哇！哈！哈！哈！[38]

---

37 淘淘只有兩隻腳，不是三隻。她是先跺一次右腳，再跺兩次左腳，所以才會踏三聲。抱歉把你們搞糊塗了，要是淘淘真的有三隻腳，我一定會先說的。

38 這是一種邪惡的笑聲。

33 惡夢

卡蹦！

爆炸聲驚醒了這條街上的每一個人。

溫先生和溫太太從床上猛地坐起，彷彿剛從惡夢中驚醒。

「馬麻，妳聽到什麼了嗎？」溫先生問道。

「把拔，我不知道欸。」

「我們最好有一個人到外頭瞧瞧。」

「你說得對。」

然後兩人就陷入尷尬的沉默。

因爲他們都不想出去查看。

「所以又是我去，對不對？」溫爸爸問道。

「是啊，你是我的英雄！」

「對欸，我差點忘了，我現在是英雄。」

這男的深吸口氣，穿上拖鞋，再穿上睡袍，踮腳下樓去。然後悄悄地、慢慢地打開後門。

溫爸爸腳下有一塊看起來似曾相識的木頭碎片。他穿過草地，注意到地上有愈來愈多類似的碎片。

「它們看起來很像是小木屋的碎片。」

沒多久，溫先生就站在原先小木屋的所在位置，只是小木屋蕩然無存。

更離譜的是，

連瞪西也不見了。

蹬！蹬！[39] 蹬！

就連溫爸爸放在小木屋裡的一些有的沒的東西也都不見了。包括花盆，灑水壺、鏟子、耙子，連除草機也不翼而飛。直到那當下，溫爸爸才恍然大悟發生了什麼事。

「窩的老天啊！」

「把拔，怎麼了？」溫媽媽從窗戶那裡喊道。

「馬麻，情況好像不太樂觀。」

「爲什麼不樂觀？」

「我覺得瞪西應該是把我的園藝設備全吃光了，然後體型變大到連小木屋都被牠撐破了。」

「糟了！」

「是很糟。」

「瞪西現在在哪裡？」

「我不知道。」

39 這是一種懸疑氣氛的音效，要大聲念出來才比較有感覺。

唰！

淘淘房間的窗戶霍地被拉開。她朝花園喊道：「你們可以閉上你們的大嘴巴嗎？現在是睡覺時間。」

「對不起，我的小甜心，」溫爸爸喊道。

「我有個壞消息不知道該不該說……」

「又怎樣了？」

「呃……是這樣的……」

「快說啦！」

「瞪西逃走了。」

「太好了！」女孩喊道。

「我討厭死牠了！牠把我的東西全弄壞了。我祝牠被卡車撞到！」

ㄍㄐㄧ——～

那是輪胎的煞車打滑聲。

碰！

然後溫爸爸就看見半空中有一台卡車在飛。

ㄗㄨㄨㄨㄨㄨㄨ！

接著墜落在他們家的屋頂。

蹦啷！

「好像顛倒過來了，是卡車被牠撞到欸！」

溫爸爸說道。

34 逃掉的嗝

溫媽媽正用盡全力地把淘淘拉出崩塌的屋子。

匡隆隆！磅！啪啦！

一瞬間，一切化爲烏有，只剩一堆瓦礫。

「完了！」溫爸爸說道。

「眞的完了！」溫媽媽說道。

「哇哇哇哇！」淘淘哭號。「我的東西啦！我的東西都沒了啦！」

溫先生這時在瓦礫裡看到一只罐子。

「淘淘，也不是都沒了，」他開口道。

「愛因斯坦打的嗝還在這個罐子裡。」

他一邊說，一邊扭開蓋子，往裡頭嗅聞。[40]

「不要開啦！！！！！！」

女孩大聲喊道，同時把罐子搶了過來。

「你害嗝都跑掉了啦。」

「哦，對不起。」溫爸爸說道，並試圖將那看不見的嗝抓回罐子，但只是徒勞。

這時溫太太的腳不知道踩到什麼，滑了一跤。

「哎喲！」

溫先生趕緊伸手扶住她。

他低頭一看，原來是怪物百科，後者正試圖從瓦礫裡掙脫出來。

「哈——啾！」

漫天的塵埃害怪物百科打了個大噴嚏。

40 大名鼎鼎的物理學家愛因斯坦，他的嗝聞起來有炸洋蔥的味道。

「謝天謝地，怪物百科沒有搞丟！我明天一早就拿去還給圖書館。罰款越積越多了，現在已經累積到十五英鎊了。」

就在他拾起書的時候，突然覺得好像有什麼東西正在逼近。

「你看！」溫媽媽喊道。

瞪西現在的大小幾乎等同一顆小型月亮。

「咯囉囉！」它又在吼叫。

然後就像一顆要人命的籃球似地沿著馬路彈跳而去。

蹦！蹦！蹦！

「咯啊啊啊啊啊啊啊啊啊啊啊啊！」

凡是擋在牠前面的東西，無一不被摧毀。

汽車被壓扁。

匡咚！

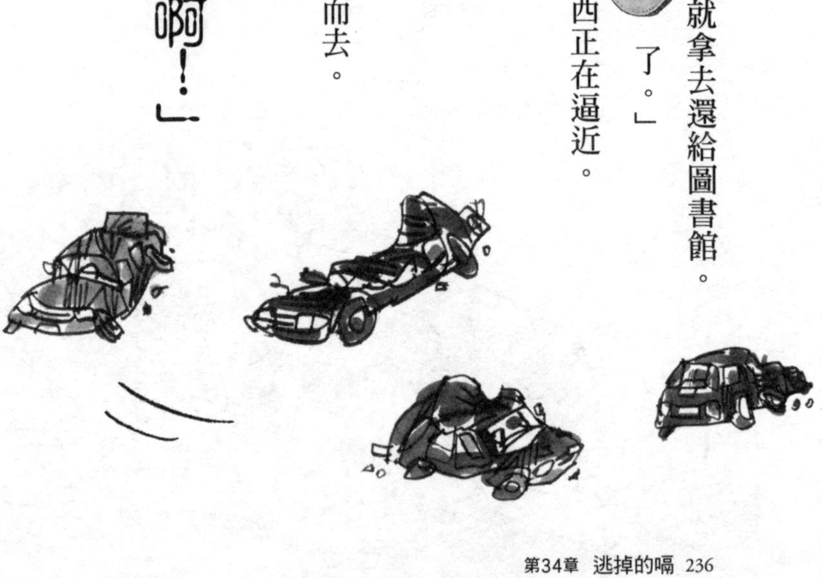

路燈被撞歪。

匡啷啷啷！

路樹被折斷。

嘟！咚！搭！

溫家附近的鄰居都被吵醒，紛紛打開窗戶，看見一顆巨大的毛球沿著馬路彈來跳去。

「救命啊！」有人喊道。

「快叫警察來！」另一個人大叫。

「快攔下那顆大毛球！」書報攤老板拉吉扯著喉嚨喊道，他也住在這條街上。「送到我店裡來！我有特價優惠哦！」[41]

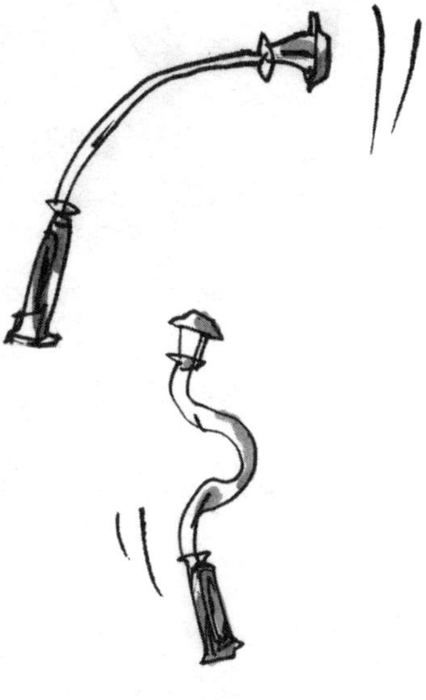

---

41 只要我沒在書裡提到拉吉，他就會很不爽。所以我讓他在這裡出現。滿意了吧？

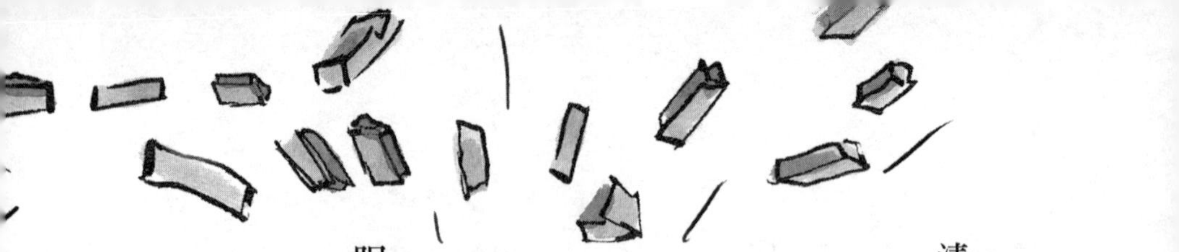

一個住在街尾、叫做湯姆的金髮男孩也跑到街上，想看清楚這隻奇怪的生物是什麼。

「好酷哦！」他說道。

但是有件事不酷，那就是瞪西正要朝他泰山壓頂。

呼咻！

「咯啊啊啊啊啊啊啊！」

還好他的黃金獵犬艾登衝上馬路，及時拉開牠的小主人。

啪搭！

溫家人爬上曾經是屋子的瓦礫堆，張口結舌地望著眼前混亂的場面和滿目瘡痍的街道。

蹦！碰！

碎光光！

「我想我們最好別說瞪西是我們家的寵物。」溫先生說道。

「我們必須有所作爲。」溫媽媽催促道。「這是爲了淘淘。我們必須做榜樣給她看，她才會向我們看齊。」

「我才不會向你們看齊呢！」女孩不客氣地打槍。

「嗯，」溫媽媽說道，「我們不能任由瞪西破壞這座城鎮、這個國家和這個世界！我們必須把牠追回來！」

「這下慘了。」溫先生嘴裡邊咕噥，邊轉身朝他那台殘破不堪的車子走去，它的車窗破了，引擎蓋凹凸不平，其中一扇車門要掉不掉。

「我要回床上。」淘淘大聲說道。

「妳沒有床了。」溫媽媽回答。

「對哦……」

溫先生和溫太太把他們的女兒放進後車座，然後開車疾駛進夜色裡。

35 在你後面

溫爸爸打開雨刷，刷掉擋風玻璃上的瓦礫。

然後車子加速開上馬路，展開追逐。

嘟嚕！

咚隆咚隆咚隆！

他們追在那隻生物後面，馬路上的各種殘骸碎片不停撞擊車身。

一台腳踏車迎面撞破擋風玻璃。

「啊！涼快多了！」溫媽媽評論道，再度試圖樂觀看待所有事情。

「開快點！開快點！開快點！」淘淘從後座大喊。「**再快點！再快點！再快點！**」

「我的時速已經快開到二十英里了！」溫爸爸反駁道。

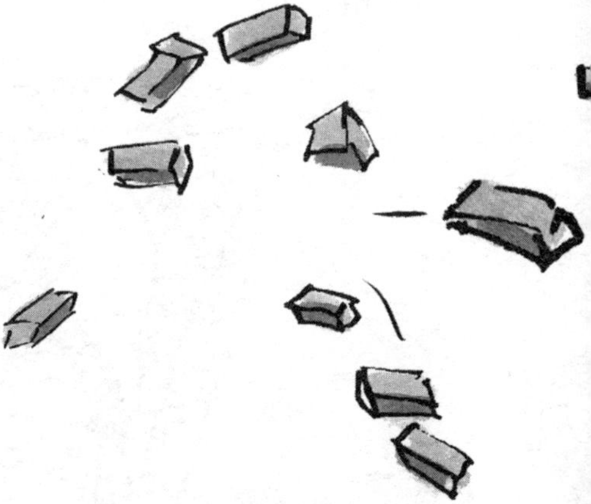

「**我說再快開一點！**」她大吼。而且爲了強調，她還用她的拖鞋往他頭旁邊砸。

砸！

「噢！」

「**再快點！再快點！再快點！**」

他的腳猛踩油門，時速衝到了二十五英里。

事實上，車子已經追上瞪西，超了過去。

「天啊！牠到哪兒去了？」溫媽媽問道，同時把頭探出車窗外。

溫爸爸查看後照鏡。「在我們後面！」

嘟！

瞪西，用力跳上車頂，小車的外殼瞬間解體。

喀啦！喀隆！匡嚕！

只剩下溫家這三人坐在車椅上繼續在馬路上往前滑行。

咻呼！

溫爸爸緊握方向盤，但方向盤沒有連上任何東西。

「馬麻，我在想這部車可能要進廠維修了。」

他發表看法，同時一只後輪胎從他旁邊滾了過去。

喀隆喀隆喀隆！！

好像溫爸爸受到的羞辱還不夠似的，淘淘竟然又拿她的拖鞋敲他另一邊的頭。

砸！

「停車啦！」

溫先生踩煞車，但煞車不在，他的腳直接觸及地面。

「噢喔！」

由於摩擦力太大的關係，他的拖鞋瞬間燃燒，他那隻可憐的腳像熔化的岩漿一樣紅通通的。但至少他的速度慢下來了，結果淘淘從後面直接撞上他。

噗咚！

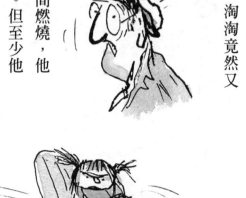

「噢嗚！」
然後他們又雙雙撞上溫媽媽的背。
碰！
「噢！」
溫家這三人在馬路上摔成一團。
「煞得還算好。」溫媽媽說道。
awai淘淘不能同意這句話，因為她被壓在最底下。
「你們這兩頭肥豬，快把我壓扁了！」
她爸媽趕緊從她身上爬開，最後剩下她仰躺在地，望著天空。
「我完了！」她喃喃說道，兩眼瞪著**瞪西**那瞠目而得意的獨眼，
牠從天而降，
就要砸到她！

36 往屁股用力一踢

溫先生和溫太太連忙一人抓著一隻手臂，要把女兒拉到安全地帶，但是他們拉的方向完全相反，淘淘根本無處可逃。就在這隻動物快掉到她頭上，把她壓成果醬之際，淘淘突然抬腿，用盡力氣朝瞪西狠踢過去。

「接招！你這個怪物！」

「咯喔喔喔喔！」瞪西哭嚎。

你無從得知她那一腳是踢到瞪西的哪裡，可能是踢到牠的嘴巴，也可能是踢到牠的屁眼。[42]

42 這兩種踢法我都不建議。

不管踢到哪，反正都奏效。

瞪西被踢飛到空中——

咻呼——！

然後掉在幾步以外的地上。

啪！

悲傷的牠一路滾到馬路盡頭才停住，然後發出可憐兮兮的哀鳴聲。

一丫一！一丫一！一丫一！

一顆足球大的淚珠湧現在牠眼眶，然後沿著牠身上的毛一路淌下。

「哈哈！」淘淘嘲笑道。

「原來牠只是一隻個頭很大但膽子很小的貓[43]！」

女孩得意洋洋極了，她大搖大擺地朝那隻生物走過去。

搖！搖！擺！

「親愛的，如果我是妳，我就不會過去。」溫爸爸出聲警告。

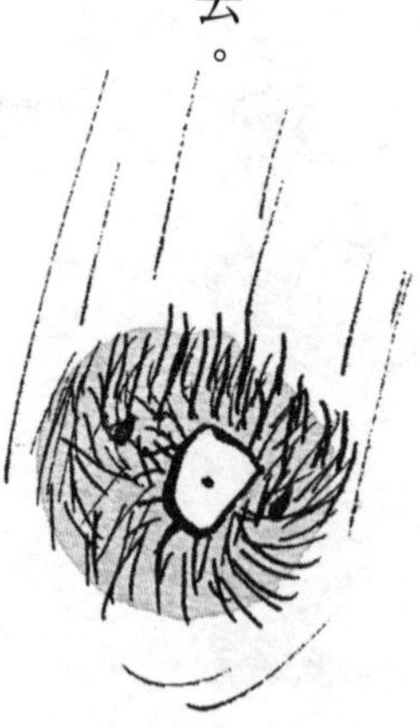

「小兔兔，拜託妳快回來！」溫媽媽哀求道。

「別吵！」她自以爲是地回答。

「我要再用力地踢牠屁股一腳。這一次一定要讓牠痛死！」

「咯喔喔喔喔喔喔喔！」瞪西吼叫，同時瞇起眼睛。

但這一次瞪西也做好了迎戰的準備，就在女孩的腿踢過來的時候，牠冷不防地張嘴一咬——這次就假設牠是張大嘴巴，不是屁眼。

咬住！

牠咬住了她的腳踝。

「噢嗚！」女孩說道。

「牠咬住我的腳了。」

溫先生和溫太太衝過去想把女兒的腳從瞪西的嘴裡拔出來。

「瞪西，住手！」溫爸爸喊道。

---

43 我知道任何一隻貓讀到這裡，都會指控我用這種說法等於是在歧視貓。特在此致上萬分歉意。

「求求你，瞪西，我拜託你！」溫媽媽也出聲喊道。可是他們都還沒搆到她，瞪西就以極快的速度，抓著淘淘沿著馬路滾遠。

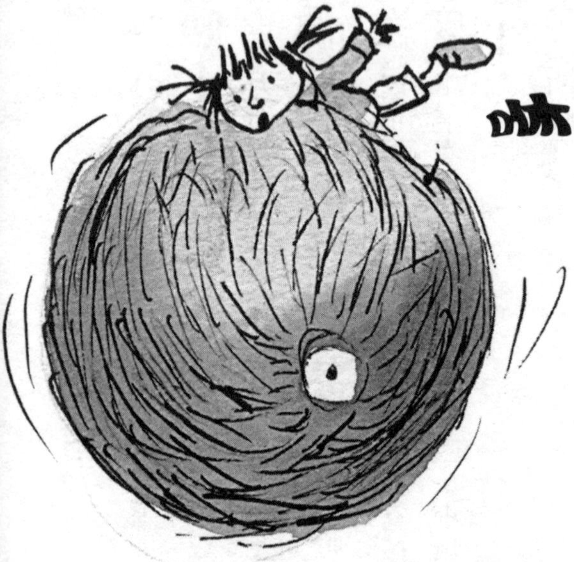

「救命啊！」女孩大叫。

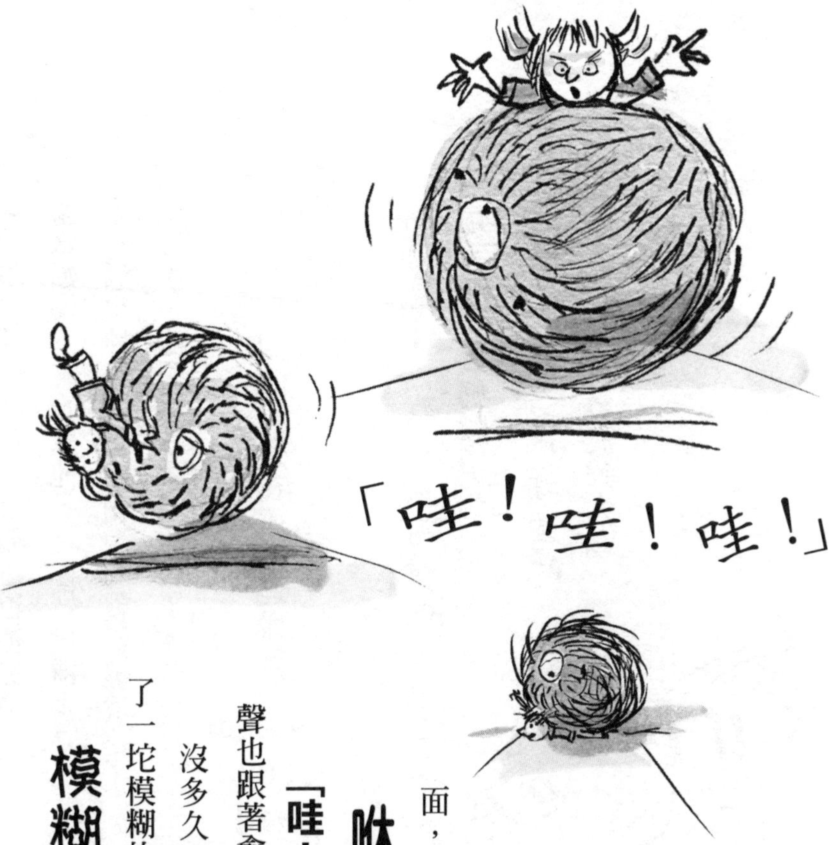

瞪西每滾一回，淘淘就被牠碾一回。

每當體積龐大的瞪西碾過她身上時，她就放聲大叫。

溫爸爸和溫媽媽追在後面，可是那隻生物越滾越快。

咻呼！

「哇！」「哇！」「哇！」的叫聲也跟著愈來愈快。

沒多久**瞪西**的滾動速度就快到成了一坨模糊的影子。

模糊糊糊糊糊～！

「跑得我肚子好痛！」溫爸爸抱怨道。

溫媽媽停下來安慰他。「你好可憐！」

才不過幾秒鐘，瞪西和淘淘就已經滾遠了。

又過了幾秒，他們竟就澈底消失了。

只剩下淘淘的叫聲在遠方迴盪，

直到再也聽不見。

「再見了，我最最可愛的

小親親！」溫媽媽喊道。

「再會了，我可愛的

小天使！」溫爸爸放聲大喊。

「哇！哇！哇！哇！

哇！」

「咯喔喔喔喔喔喔

喔喔喔喔喔喔喔喔喔！」

接下來溫姓夫妻聽見了很久很久沒聽過的聲音——那是自淘淘出生以後就沒再聽到的聲音。

寂靜的聲音。

這對夫妻笑了。這麼多年來，這是他們第一次打從心裡感受到一股平和。溫先生伸手牽住溫太太。她深情望著他，他則捏捏她的手。兩人最後手牽手地走回曾經是他們屋子的瓦礫堆那裡。當然他們也終於把**怪物百科**拿去還給圖書館。罰金高達二十英鎊了。

37 安靜無聲

幾個月過去了，依舊不見淘淘的蹤影。雖然溫先生和溫太太在圖書館的窗口張貼了尋人海報，但沒有任何人在任何地方見過她。

他們當然希望女兒平安回來。少了她，生活再也不一樣：不用再扛著小胖子去學校，也不用每個禮拜再去買高達一噸重的巧克力回來。

協尋我們
最親愛的女兒
你有看到淘淘嗎？
不用打電話。
寫信就行了。
平信就可以。
不必急。
非常謝謝你。

現在他們可以安安靜靜地讀他們最愛讀的詩集，早上也可以睡到樹上的小鳥啾啾叫醒他們，不會再被淘淘的吼聲吵醒。而且也可以看卡通以外的電視節目了。

後記

事實上，幾年後的一天晚上他們在看大自然的節目時，才終於得知女兒的遭遇。

「我們現在位在**最深幽最暗黑最叢林的叢林**裡，」身穿獵裝的大自然專家壓低嗓音說道，「我們可以看到各式各樣的生物，我們以爲這些生物在很多年前就滅絕了。」

「那裡就是我找到**瞪西**的地方！」溫爸爸驚叫道，差點把嘴裡的茶噴了出來。他和他太太正坐在旅行拖車裡，拖車就恰恰停在曾經是他們屋子所在的地方，可惜這裡到現在都還是一堆瓦礫。

「搞不好我們可以從這個節目裡找到什麼線索，查出我們那可愛的女兒的下落。」溫媽媽回答。

坐在沙發上的這對夫妻同時傾身向前。

螢幕上的專家繼續實況報導。「這處地方極爲偏遠，遠到就連我們都不知道自己究竟身在何處。這裡是形形色色的生物的棲息之地，而這些生物在我們祖先的眼裡都是怪物，只有一本失傳已久的古書上記載過牠們，書名叫**怪物百科**。」

「就是圖書館地窖裡的那本書啊！」溫爸爸說道，同時把一片卡士達奶油夾心餅乾放進茶裡沾一沾。

「你們看那些生物，以前從來沒被攝影機捕捉過哦。

快看，有一頭**喇叭河馬**！

還有一群**單翅鳥**。
那隻有兩個頭的爬蟲類動物
叫作**雙頭鱷鱷**。

而在我頭上嗡嗡嗡盤旋的是會
飛的**直升象**，這也是爲什麼
地面突然出現陰影的原因。不管你
覺得這些生物有多怪異、多神奇，
跟**瞪西**比起來，只是小巫見大
巫。」

「牠在那裡！」
溫先生對著電視大叫。
螢幕上滾進一顆巨大的毛球。

瞪西變得比以前更大了，相當於一顆星球的體積。[44]

「這隻又圓又大的生物只有單隻眼睛，但兩端各有一個洞，不過沒有人知道哪一個洞是做什麼用。就連瞪西自己也不知道。在這最深幽最暗黑的叢林裡，牠絕對堪稱是最奇怪的生物吧？」

「沒錯！」

溫先生和溫太太都對著電視喊道。

主持人繼續說道：「不過呢，有一隻生物是連**怪物百科**都沒記載的，就是這隻怪模怪樣的野獸。就我們目前所知，這隻生物以前從來沒有人見過——」

44　一顆很小的星球，不過也算是星球。

溫先生和溫太太從沙發上滑了下來，兩個人的臉緊貼著電視螢幕。螢幕上確實出現一隻極度奇怪的生物。牠高䠷的身材扁瘦到不可思議，形狀就像是被壓平或碾出來的。

「這形狀幾乎跟人一樣，」專家開口說道，「但牠又不是人類。全身汙泥的牠住在沼澤裡，就位在**最深幽最暗黑最叢林的叢林**當中，專吃巨大的蠕蟲或不拉嘰爲生。牠唯一會發出的聲音就是『**還要**』！」

恰好這時候牠叫了一聲「**還要！**」

溫先生和溫太太認得這聲音。

「**淘淘！**」他們同聲喊道。

「我們應該想辦法去把她帶回來嗎？」溫爸爸問道。

溫媽媽打量螢幕，看見淘淘張嘴咬了巨大的蠕蟲一大口。

嚼！嚼！

「我覺得她現在看起來蠻開心的。」溫媽媽回答。

「妳說得對，」他附和道。「何必破壞她的興致呢？」

螢幕上繼續評論道：「從我們這幾個月在這裡的觀察所得，目前爲止，這隻生物是這座**最深幽最暗黑最叢林的叢林**裡最可怕的生物，牠所到之處，其他動物全都逃之夭夭。」

他所言不假，當淘淘踩著大步，
踩踏過樹林時……

喇叭河馬就靠屁眼噴
出來的氣把自己噴飛走。

噗呼！

直升象則趕緊飛上
一棵樹。

啪啪啪！

而**瞪西**連忙往另一個
方向滾。

但是對淘淘那雙長長的手臂來說，
這隻毛獸的速度還不夠快，一把就被
她抓住。

「咯喔喔喔！」牠大吼。

但她把牠高舉過頭——

「咯喔喔喔！」

然後對準主持人猛力一扔。

「噢嗚！」主持人慘叫。

螢幕瞬間嘶嘶作響，黑成一片。

「天啊！」溫媽媽驚呼道。

「窩的老天啊！」溫爸爸也驚呼道。

第二天早上，溫先生和溫太太醒來後總覺得自己得做點什麼才行。他們也不確定到底要做什麼，但就是有件事不做不快。於是他們趕在圖書館還沒開館前就到了，到了之後，他們做的第一件事是下到又髒又暗的地窖裡。

那裡有一本積了厚厚一層灰、皮製封面的古書，
當初就是因爲它——**怪物百科**，才展開那趟旅程。

「把拔，你有帶筆來嗎？」溫媽媽問道。

「馬麻，筆在這裡。」溫爸爸回答，同時把他的鋼筆遞給她。

那本書跳上桌子，自動打開。

溫太太找到空白頁，
開始振筆疾書。

現在
怪物百科的內容
總算
齊全了。

鮮爲罕見的

淘淘：

一種扁得嚇人的生物，只出沒在最深幽最暗黑最叢林的**叢林**裡。牠棲身在沼澤，白天專吃巨大的蠕蟲，不斷發出**「還要！」**的聲音，其他動物經常被牠嚇得魂不附體。鮮為人見的淘淘是一種高度危險的生物，**千萬不能**靠近。牠絕對是頭**怪物**，這也是為什麼牠會被記載在這本書裡。

「馬麻，寫得太好了。」

「謝謝你，把拔。」

「要來一杯茶和一片餅乾嗎？」

「卡士達奶油夾心餅乾嗎？」

「也好，我不反對。」

所以說囉，溫先生和溫太太真的曾把一頭怪物當小孩在養。當然，怪物只屬於一個地方——那就是**最深幽最暗黑最叢林的叢林**。所以孩子們，你們一定要**守規矩哦**，不然最後可能會淪落到那裡。

劇終